赤き心を

おんな勤王志士・松尾多勢子

古川智映子

武士（もののふ）の　赤き心を語りつつ
　明くるや惜しき　春の夜の夢

夜半（よわ）に吹く　嵐に花は散りぬとも
　やまと桜の　ねはかれめやも

松尾多勢子

目次

装幀　重原隆
装画　ヤマモトマサアキ

赤き心を

おんな勤王志士・松尾多勢子

旅立ち

この文庫蔵の中で小さいころよく『太平記』を読んだものだった、と松尾多勢子は思いながら、しばらくの間昔を懐かしむように竹村家の土蔵の前に立っていた。あたりにはひんやりとした冷たい風が吹き渡っている。八月も末になれば、信濃ではもう晩秋の気配が色濃くなって、風が寒いほどに感じられる日もある。

「ごめんよ。どなたもいませんかな」

二度三度、多勢子は奥へ声をかけてみたが応答はなく、竹村では皆出払っている様子である。畑にでも出ているのであろうか。多勢子はまた文庫蔵の前に戻った。

多勢子は朝のうちに下伊那郡伴野にある松尾家を出てきていた。松尾家は多勢子の婚家先である。これから旅に出ようというのに支度もせず普段着のままで来たのにはそれなりの理由がある。実家の山本村の竹村家に立ち寄って、そこから京へ上るつもりである。多勢子は上洛というはっきりとした目的を持っていた。しかし今の場合、それはあくまでも伏せておかねばならないのである。

その理由については、夫の佐治右衛門と長男の誠、それに嫁の多美子だけが知っていて、孫の田鶴子にも使用人にも、そして村人にもすべて伏せてある。

もし「何のために京へ」などと訊かれたら、多勢子は「都参りに」とだけ答えようと思っていた。しかし旅支度もせずに出てきたおかげで、人に怪しまれたり訊かれたりする心配もないようである。

文庫蔵の扉は開け放されたままになっている。中に人のいないところをみると、風を通すためらしい。この文庫蔵の中に、幼いころの思い出がたくさん詰まっているような気がして、多勢子は中に一歩足を踏み入れた。

蔵の中は昔、多勢子の遊び場所であった。重い扉をやっとの思いで押しあけてから、いつも二階に上がっていった。一日に一度は必ずここへやってきて、書架や長持にしまってある書物を漁るのが楽しみであった。漁るだけではなく読むようになって、やがて半日も坐り込んで書物の中身に没頭するようになった。

「おばあさん、よくまあ、今、帰ったばかりな。蔵に入るのを見かけましたのでな」

竹村盈仲が背後から声をかけた。

「突然やってきて悪いね、四、五日世話をかけるに」

「ゆっくりしていってくんな。子供たちもきっと喜ぶことずら」

「そうもしていられんのな。お前も忙しいことですし」

「刈入れももうすんだし、あとは来春に備え、田畑の手入れをするだけだがな。雪囲いにもまだ間があるしな」

多勢子はあたりを見回した。

「書物にも風を通しているのかな。傷(いた)みもせずよく昔のままで」

「ご先祖さまから伝わったものばかりなので、大事に保存せねばならないと思っているんな。ときどき風を当てるようにしているんだがな」

「盈仲のおじいさんの黨盈(つねみつ)は、特別書物を大切にする人だったんだに。座光寺(ざこうじ)村の北原家から入り、お前のおばあさんの婿になったんだが、北原家といえば学問好きで有名な家柄だからね」

多勢子の父竹村黨盈が死んでもう十年から余になる。黨盈は北原家の出で、竹村のひとり娘幸子(さちこ)に娶(めあ)わされた入婿(いりむこ)であった。二人の間には、影盈(かげみつ)という男の子と多勢子との二子がもうけられている。影盈は父親に先立って早世し、後継ぎのいなくなった実家に、多勢子は松尾家の次男の盈仲を養子として送り込んだ。当主の盈仲は多勢子の実子である。

「ここへ来る途中、座光寺の北原家にも寄ってきたんだに。ほんのちょっとのつもりが、きょうはどうしたものか立ち去りがたくて、すっかり話し込んでしまったのよ」

盈仲は話しているうちに、ふといつもの母親と違うような気がした。

「おばあさん、どうしたんな。何か変わったことでもあったのかな」

「いいえ、松尾でも北原でも格別変わったことはありません。私も五十二という年齢になって、妙に昔のことが思い出されるようになってな。老人になるとそういうものらしいのよ」

「歳とったなどと、まだ腰もしゃんとしているし、髪にも白いものが見えないものな」

「お前たちに、私の母のことをおばあさんと言っているうちに、いつか自分もその歳になってしまってね。山本村の竹村から伴野の松尾家へ嫁に行き、病弱な夫を支え、農耕や養蚕や家業の酒造りにまで精を出しました。その間に十人もの子を産みました。毎日が戦さのように忙しく早く過ぎてしまったのよ」

「いつものおばあさんらしくもない、愚痴っぽい言い方だなあ」

「いいえね、この家で過ごした昔のことを思い出してしんみりしてしまったのよ。ほら、この『太平記』に書かれている楠木正成のことなど。後醍醐天皇をお守りして戦った忠義の心に感じ、この蔵の中でよく涙を流したものだに」

「おばあさんの書物好きは、亡くなった竹村のおじいさんからもよく聞かされていました。『多勢子が見つからぬときは、きっと蔵の中にいる。袂に煎り豆を隠し、ぼりぼりと齧りながら書を読みふけっている。飯を食うのも忘れて』ってな」

多勢子は蔵の中で盈仲と話をつづけた。朝方、松尾の家を出ていたが、途中座光寺の北原で長い時を費やしてしまい、竹村に着いたのは日が中天からほんの少し西に回っている刻である。蔵の壁面にある両開きの窓から、午後の薄陽がのどかに差し込んでいる。

豪農といっても、竹村家は一介の百姓にすぎない。格式のある家でも女が学問などをすることはご法度の時代に、多勢子の父の黨盈は娘が書を読みふけっていても叱ることをしなかった。お針など女らしいことを嫌う多勢子を、初めは母の幸子も心配した。しかしそのうちに小言も言わないようになった。というのは、多勢子の曾祖母に当たるふじのことを思い出したからである。

ふじは幼少から書を好み、和歌を詠むのが得意であった。江戸に出て歌人の橘千蔭や村田春海について和歌を学んでいる。今式部などともてはやされる才能があり、後には藩侯の奥方の指南役にもなっている。多勢子の嫌がることを無理に押しつけるよりは、持っているものを少しでも伸ばしてやったほうがいい。幸子はそう判断した。血統はやはり争えないものである。多勢子が大きくなるにつれて、幸子の心にはそういう思いが強くなった。

多勢子は手にしている『太平記』の中から、楠木正成の件を探してみた。盈仲が言った。

「楠公は最後に湊川の戦いで敗れました。しかしそれまでは朝敵の足利幕府と戦って連勝したと聞いています。その忠義心と清廉な人となりは武士の鑑であると聞きました。小さいころ遊びにくると、竹村のおじいさんがよく話してくれたものだに」

「私はそうは思いません。うわべだけで判断してはならないのだに。私も小さかったので、楠公の主上を思う一念に打たれ胸を熱くして読んだものなあ。その勤王心に感じ、大きな影響を受けたことも確かでありますに。でも……」

盈仲は、母親がしっかりと反対の意見を述べたことに驚いた。

「人間の心に裏表があってはなりません。でも生きていく上で、ものごとの裏を見通すことも大切ではないのかね。隠された実相をよく見て間違いのない判断を下す。きっと自分の生き方に役立ちましょう。うわべに左右されてはならないのです。楠公の勤王という名分は正しいものでした。が、戦さに勝つためには手段を選ばなかったとも聞いています。盈仲の言うように、ただ潔いだけの武将ではなかったように思われますよ」

正成は敵方の陣営に多くの隠密を放って様子を探らせ、味方の戦さを有利にしたといわれている。多勢子は心の中で、その隠密にこだわっていた。

「戦さには、策謀が渦巻いて、必ずしも力の強い者だけが勝つとは限らないのだに」

潔さだけで勝った者は少ない。運もあろう。天の時もあろう。その上にあらゆる術をつかわねばならない。楠木正成とはそういう武将であった。

「楠公は特に智謀にたけていたのね。敵軍が攻めてきて塀によじのぼる。そのとき塀を根こそぎ倒して敵兵を押し潰す。初めからそう造っていたということだに。城の上から糞尿や熱湯を撒くのは朝飯前、すべてが計算ずくの上だったんだに」

もっとひどい敵を欺くこともやっている。敵の城が落ちず、正成は兵糧攻めを考える。兵糧を運ぶ敵軍を待ち伏せて討つ。次に兵糧を奪い、米を抜いた俵に武器を詰め込んだ。味方の兵を敵の兵糧軍に変装させ、城門を開かせてなだれ込み、俵から武器をとり出して戦い隙を突いて城を落としたのである。

「楠公のことを、悪人呼ばわりする人もいるくらいなんだからね」

正成がよくやったという敵方に隠密を放つこと、これが多勢子のやろうとしていることと関係があった。多勢子は上洛し、尊王方の女志士として働くことを決意している。しかし若い志士たちの斬り合いに加わることはできない。隠密として幕府方の情報を探る、これが多勢子のしようとしている仕事であった。

「母屋のほうに上がってくんな。茶でも淹(い)れるに」

家に入るように促す盈仲の言動には、百姓らしくない気品がある。竹村家の系譜を辿れば、その出は武士なのであった。竹村は飯田から南へ二里、山本村の石曾根(いしそね)という所にある。百姓であっても昔から名家として通っていた。

「もう少し外にいたいねえ。放っておいてくんな」

盈仲はいつもと勝手の違う母親の様子を訝(いぶか)ったが、逆らわずに母屋に入っていった。

多勢子は蔵の扉を閉めると、前の庭を通って門の外へ出た。目の前には、見渡す限り田園の風景が広がっている。すでに刈りとられ、ところどころに落ち穂がおちていた。先祖の竹村因幡(いなば)が精魂こめて開墾し、切り開いたという田圃(たんぼ)である。この父祖伝来の土地が、きょうは特別の意味合いを持って多勢子の目に映った。

初代の竹村因幡は、飯田城主坂西長忠(ばんざいながただ)に仕える武士であった。永禄(えいろく)五年、長忠は松尾城主の小笠原信貴(おがさわらのぶたか)と戦って敗退し没したが、忠臣の因幡はお家再興をはかり城主の遺児延千代(のぶちよ)を抱いて木曾路(きそじ)に逃れようとした。途中道に迷い山中深く分け入ってしまい、延千代は飢えのために命を落とした。因幡は悲しみに暮れ、この山本の地で帰農して、主君と遺児の菩提を弔いながら田畑を切り開いたといわれている。

祖先の勤王心が自分の中にも受け継がれているのかもしれない。多勢子はそう思っている。この田圃にはほかにも忘れられない思い出がある。多勢子の口もとが自然にほころんだ。

あれは確か、こぶしの花が咲く早春の候であった。竹村家の庭には一本のこぶしの巨木が植わっていて、毎年数えきれないほど白い花をつけた。どの花も天空を指し、凛として咲き競う。多勢子はこの、清楚で華やかなこぶしの花が好きだった。

多勢子はそのとき十八で、馬の鼻取りをしながら懸命に苗代を掻いていた。若い男がやってきて、二、三度声をかけたようだったが夢中で気がつかなかった。

「もし、あのな、もし。そこの方、ちょっと尋ねたいことがあるんだがな」

男は田の畦道まで下りてきて多勢子に呼びかけた。

「はい、私のことかな」

馬の手綱を曳く手をとめて、多勢子は声のするほうをふり向いた。

「山本村石曾根の、竹村という家はどこずら」

「ああ、それならあの家です。道が少し高くなっている、あそこの、土塀の家でありますに」

男に、多勢子は自分の家を教えた。それでも立ち去ろうとせず、言いにくそうにして少し口ごもった。

「ほかにも何か」

「いや、実はその」

何ごとについてもてきぱきとしている多勢子には、男の態度がじれったく思われた。

「早くしてください。きょうのうちに向こうの道の際まで耕して、終わったら畑に出ねばならないし」

「あんなに遠くまで、あんたひとりで」

「はい、農繁期を迎えるので家の人はみな忙しく、猫の手も借りたいくらいでありますに」

男は多勢子の顔をじっと見た。痩せていて目だけがぎょろぎょろ光っている。若い女なのにまったく色気はなさそうだ。とにかく顔じゅうが泥だらけで、目鼻立ちもはっきりとはわからない。頭から体まで、全身が出圃の泥をかぶっている。見るからにおかしいのに、当の本人は気がつかず、ひどく生真面目にとり澄ましている。男にはそれがとても滑稽なものに見えた。

「ふ、ふ、ふ」

我慢ができなくなって、男はとうとう吹き出してしまった。

「何がおかしいのですか」

人にものを訊いておきながら失礼な、多勢子はそう思うと憮然とした。この人は竹村のことを訊いている。自分の家にやってきた男の真意がわからずに、多勢子は嬲られているような気持ちになった。

「顔に泥がついているに。頭の上にまではね上がっているんだに」

多勢子はあわてて野良着の袖で顔を拭った。袖にも絣の手甲にもべっとりと泥がついた。拭きとったところだけが白い縞になった。前よりももっとおかしかったが、男は笑うのを辛抱した。しっかりしていて、とても手強い娘のように思われた。

「あの、竹村さまに多勢さんという人はおられますかなあ」

「はい、多勢さんならようく知っております」

「それで、どんな……」

男は目を輝かせ、一歩前に踏み出した。

「今あなたの前にいる、この私が竹村多勢子でありますに」

男は肝を潰しそうになった。もともと気が強いほうではない。嫁にどうかと勧められ、遠くからひと目でもいいから見たいと思ってやってきたのである。それがよりによって当人に家を尋ね、いきなり出くわしてしまったのである。

「それで、私に何の用なの」

畳み込んでくる多勢子に、男はしどろもどろになった。すっかり上がってしまい、うまく言葉が出てこない。

「あ、こぶしの花が」

こぶしの花が咲いている家、という意味なのか、わけのわからないことを言い出した。

「はい、あそこにこぶしの花が咲いていますが」

「では、ごめんなんしょ」

男はいきなり背を向けると、畦道を一目散に走り出した。まるで逃げていくといった様子である。畦から少し広い道へ上がろうとしたとき、男は足をすくわれ大きな尻(しり)餅(もち)をついた。急いで立ち上がるとこちらを向き、深々と頭を下げた。その狼狽(ろうばい)ぶりが滑稽で、多勢子も思わず吹き出してしまった。それからはふり返りもせず、脱兎(だっと)のように逃げ出して姿が見えなくなった。

「おかしな人」

呟いたとき、多勢子はあることに気づいてはっとした。ひと月ほど前松尾家に、原多門という媒介者を通して縁談が申し込まれていたのである。多門は、松尾と竹村のいずれとも懇意にしていて、両家の事情をよく知っていた。

「松尾の佐治右衛門さんと多勢さんならきっとうまくいきますだ。似合いの夫婦にもなろう。この原が太鼓判を押しますだ。二人、会わせてみてはどうかの」

盛んに勧める多門の言葉に両親は乗り気になって見合いをさせようとしたが、当の多勢子が頑として応じない。嫁に行く、それは多勢子にとって遠いことのように思われ、女の稽古ごとも嫌いでたしなみに欠ける自分が、他家に入ってもはたしてうまくいくものかどうか、その辺にも自信がなかった。

母親の幸子には、特にこの良縁を逃したくないという気持ちが強くあった。時を稼いで娘を説得したいので待ってもらいたい。幸子は仲人の多門の家に再三出かけていっては、そう頼み込んだ。

松尾家でははっきりとした返事をもらえないまま待っていたが、ついに婿になる佐治右衛門がこっそり竹村家のある山本村へ向かったのである。

あれはきっと松尾佐治右衛門さまに違いあるまい。そう思ったとき、多勢子は耳たぶまで赤くなった。しかし泥んこの顔なので、外見には表われようがない。あの人はいいひとらしい。初対面の佐治右衛門に、多勢子は素直にそうした感情を抱いた。

「伴野の松尾さまに嫁かせてもらいます」

その日の夜、多勢子は両親の前できっぱりと言った。豹変した娘の態度に母親は驚いたが、次の日やってきた多門によって事の次第が明らかになった。

「松尾さまではな、返事を待ちかねて佐治右衛門さまが隠れて見に来たそうだ。多勢さんは田圃でよう働いておった。その姿を見て、ぜひとも嫁にほしいと言っておる。泥にまみれて顔は見えなかったがな、しっかりした娘なので、『顔など見んでもよろしい』とまでの惚れ込みようじゃ」

多門の話を聞いて、竹村家では大笑いをした。とにかく本人がその気になっていたので話は早くまとまって、次の年の春、やはりこぶしの花の季節に多勢子は松尾家の人となった。

松尾に嫁に行ってからもう三十余年の歳月が流れている。過ぎてしまえばまるで夢のようにも思われた。しかし夢ではなく、多勢子は家の繁栄のためにしっかりと地に足をつけて働いてきたのである。

夫の佐治右衛門は長男の誠夫婦に家督を譲って隠居し、今は書物に親しんでいる毎日である。

「松尾家がこれまでに栄えたのは多勢子、お前のおかげだ。体の弱いわしを助けてよう働いてくれたな。お前を嫁にとったわしの目に狂いはなかったというもんだ」

多勢子が上洛したいと申し出たとき、佐治右衛門はこう言って労った。

「尊王のために働きたいというのなら行っておいな。これからは自分の好きな道に生きるのもいいずら。家のことは心配せず、わしの分まで王事のために尽くしてきてくんな」

佐治右衛門は快く願いを聞き入れ、路銀と滞京のための十分な費用を与えたのである。このときほど多勢子は、自分のことを幸せ者だと思ったことはなかった。松尾家での三十余年間、自分のことなど顧みる暇もない多忙な日々であった。村人はやたらに働く多勢子の姿を見て、「嫁をもらうなら松尾の多勢さまのような人を」と噂し合ったほどである。その苦労が、今、佐治右衛門の理解という形で報いられようとしている。

夫に従って静かな隠居生活を送る。そうした波瀾のない幸せを、上洛によってふり捨てようとしている。命がけの苦難の道に思いを定めていた。

多勢子は竹村の家の前に立って、これまで生きてきた五十二年間のさまざまのことを思った。

目の前に広がる田園の向こうには木曾の山並みが望まれる。夕焼けで山の稜線がくっきりと見えた。夕方になると、夫はよく散策に出かける。今ごろは、松尾家の裏を流れている天竜川の辺を歩いてでもいることだろうか。

家族への情愛をふり切るように踵を返し、多勢子は母屋のほうへ歩いていった。

東雲（しののめ）

伊那は山と山にはさまれた峡谷である。信濃の片田舎にすぎないこの地方は、文化から遠く隔たった地として考えられがちである。しかしここにも都の尊王思想の波は押し寄せてきていた。

信濃全体の国柄でもあるのだが、伊那では百姓のひとりにいたるまでが和歌を詠（よ）む。古代の昔から江戸時代にいたるまで多くの歌人を輩出している。和歌は人々の生活と一体化し、処々（しょしょ）で歌会が開かれて、伊那歌道ともいうべきものができ上がっていった。

尊王思想はこうした歌の会を母体として広がっていった。風雲急を告げる都の情勢は、都落ちをしてきた勤王の志士や、商人（あきんど）や、中山道（なかせんどう）を通る旅人によって伝えられた。

信濃での尊王の一粒種は諏訪（すわ）の松沢義章（まつざわよしあきら）である。義章は金銀や鼈甲（べっこう）細工の小間物などの商いをしながら、熱心に平田篤胤（ひらたあつたね）の国学を説いて歩いた。平田学は神道に基づいていて、異国人を穢（けが）らわしい夷狄（いてき）として見る。その底にある神代への畏敬（いけい）が、天皇を尊いとする考えと結びついていった。

伊那思想の根本にあったのは平田国学である。江戸で能役者をしていた岩崎長世（いわさきながよ）が同門の義章を頼って来信し、飯田に住むようになった。表向きは謡曲（ようきょく）の師匠の看板を掲げていたが、陰では平田学の宣揚と尊王思想の先導者として活動した。

下伊那の和歌の会は、座光寺村の北原家で開かれることが多かった。多勢子が生まれた山本村の竹村家から三里ほどの道のりの所にある。北原家十四代の因信（よりのぶ）は高齢で病床に臥（ふ）せっていたが、息子の稲雄（いなお）が二十歳（はたち）を過ぎたばかりで十五代目を継いでいた。歌会はたいていこの稲雄が中心になって開かれた。北原家は十五代も続いた古い家柄であった。田舎では家の格式の序列が厳しく、父の因信がこれまでに尽くした実績からみても、北原家は下伊那の主導的な立場におかれていた。多勢子と十四代目の因信とはいとこ同士であり、稲雄はいとこの息子ということになる。

稲雄は飯田にやってきた岩崎からいち早く影響を受け、平田門に入門していた。平田篤胤はすでに世を去って、女婿（じょせい）の鉄胤（かねたね）の代になっている。鉄胤は義父の没後も入門者を自分の弟子にすることはせず、先師の弟子として遇した。

多勢子は歌会のあるたびにこの北原家に出かけていった。昼は畑仕事や酒醸造の家業で忙しく、夜も子供を寝かしつけると会に遅れることがあったが、できるだけ休まずに出るようにした。多勢子は以前に飯田の福住清風（ふくずみせいふう）について和歌を学び、折々に詠んだ歌の数もかなりふえていた。伊那では女流歌人として知られている一面もあった。

このたびの隠密という上洛の目的を隠すために、多勢子は伴野の松尾家から実家に寄り、そこから旅に出ることにきめたのである。しかし稲雄の父、北原因信の病状が気がかりであった。そのために、竹村へ来る前に座光寺村によって因信を見舞った。

朝のうちのことで、稲雄は出かけずに在宅していた。

「用事があって竹村へ行く途中です。その後、具合がよくないようですがどうなの。とても心配しているんでありますに」

「毎日医者も通ってくれているが、そう長いことはないようです」

稲雄は元気のない様子で多勢子を迎え、奥の離れに連れていった。病人にはもうはっきりとした意識もないようである。

「先生、多勢子です。しっかりしてください。どうしてももう一度よくなってくんなんしょ」

懸命に励ましてみるが、病人は朦朧（もうろう）として何の反応も示さない。多勢子は涙がこぼれそうになった。因信のことを先生と呼ぶのにはわけがあった。

北原家は座光寺村一の地主として栄えてきた家柄である。因信は読書に通じ、西洋医師の田中泰仲から習字と四書とを学び、歌人としても俳人としても勝れた業績を残している。塾を開き、近郷の子女を集めて読み書きを教えたが、多勢子も十二歳のとき北原家に預けられてここに学んでいる。名頭や『庭訓往来』や『女今川』などを勉学する一方、因信の妻からは礼儀作法と糸撚りなどを躾けられた。

因信が塾生に説いたのは実学の大切さについてであった。因信は氾濫を繰り返す天竜川洪水防止のために、私財を投じて堤防の修築をした。新田を開発して河原の開墾にも努めた。暴風雨で堤防が決壊しそうになったときには、自ら陣頭に立って、危険も顧みずに村人を指揮して信頼を集めた。

多勢子はこうした因信から実学の精神を叩き込まれた。それがどれだけ後年の多勢子に役立ったか計り知れないものがある。

「私は昔、因信先生にはずいぶんとお世話になりました。何とか治ってもらいたいんだがねえ」

前に塾に使われ、今は歌会や尊王派の集会所となっている三間つづきの座敷に戻ると、多勢子は懐かしそうに天井を見上げた。何もかも、多勢子が塾生として学んでいたころと同じである。

「すべてあのころのまんまなんですねえ」

　座敷の天井には巨大な地図が貼られていて、紙は四十年を経過してすっかり古びているが、幾度も補修され前のままで残っている。

「古くなったので、ときどき書き替えようと思ったのですがやめました。父の魂が入っているような気がしてこのままにしておいたのな」

　地図の中心は信濃の国になっている。そこから全国の主要都邑にいたるまでの方位、里程が丹念に配置されていた。いずれも因信が自身で、長い時をかけて調べ上げたものであった。因信は天文地理に詳しく、諸国の風土や山川、城郭などにいたるまで知悉していた。

「この地図はとても面白く思えて、夢中で暗記したんでありますに」

「『百数十人の弟子のなかで、多勢子は記憶力もずば抜けていたし、男子もかなわぬほど頭がよかった』というのが父の言でした」

「それほどのことはありません。叱られたことも多いんだに。私は、因信先生からは生きていく上で最も大切なことを学んだように思います。そして稲雄さん、あなたからは平田学と尊王の思想について教えてもらいました。私にとって北原家は、親子二代にわたっての師だものね」

「この地には尊王の思想が急速に広まってきています。平田先生の主張は復古神道であり、日本の国体を大切に考える。そこから唯一の主上の王権回復という見方が出てくるのだと思います」

「稲雄さんは、書架にあるその書をすべて読んでいるの」

かつて平田篤胤が巻物に書いたものであるが、それが今は木版刷りの書となって隙間もなく並んでいる。『古史成文』、『古史徴』、『玉襷』などの表題が見られた。

「全部を詳細に読解するのはむずかしいのですが、概略は目を通してみました」

「その若さでよく読破できたものですね。私も『玉襷』などは読んでいるのですがね」

「われわれの目的は平田先生の国学に終始するのではありません。尊王の活動にあるのですから」

実は私もそのために、と上洛の意図が喉もとまで出かかったが、多勢子は口に出すことをしなかった。今、信濃における平田門下生は四百人ぐらいともいわれている。そのなかで伊那の入門者数が最も多く三分の二を占めているが、この北原の家を中心にさらに一門の数がふえてきている。

歌会は歌詠よりも、王権回復の論議の場と変じていた。すでに上洛し、京に家を借りて他藩の志士たちと交流している者もいる。それは確かに稲雄の言うように、平田学の学問の域をはるかに超えている。

篤胤は生前、危険な思想の持ち主として徳川幕府から迫害を受けていた。飯田藩も幕府の忌諱にふれることを恐れ、草莽の志士たちの不穏な動きに目をつけている。そのため膝もとの城下町での談合はできず、たいてい寄り合いの場所には北原家が使われていた。

「今、京では幕府方と尊攘派とが鎬を削っている。敵の命を狙い、疑わしきはすべて斬るといった疑心暗鬼の巷と化していると聞いています。私は平田門のこの拠点を守らねばならぬので行きませんが、続々と一門が上京することになりましょう」

公武合体が策せられ、去年皇女和宮が将軍家茂に降嫁していたが、幕府と天皇を擁護する側との対立は解決しそうにもない。むしろ溝は深まっているようにもみえるのだと稲雄は話す。

稲雄の話を聞いていると、京の町のすさまじい様相が目の前に浮かんでくるように思われ、多勢子は身の震えるのを覚えた。

「そうであればあるほど、行かねばならんし」

言ってしまってから多勢子ははっとした。

「いえね、平田一門のことでありますに」

うっかり口を滑らせたことにあわて、とりつくろってどうにかその場をごまかした。

「この信濃の国には、以前にも主上をお守り申し上げた歴史がありますな」

「後醍醐天皇の皇子宗良(むねなが)親王のことかしらね。そう言われてみれば、私どもは生まれながらにして尊王の血を祖先からもらっているのかもしれないね」

かつて宗良親王は倒幕の征夷(せいい)大将軍として、吉野(よしの)から東国へと下っている。その途中、この信濃の地で山中に籠(こも)り、幕軍を討ってよく転戦したと伝えられている。このとき親王をお守りしたのが信濃の民であり祖先なのである。

「日本の国が大きく揺れているんだなあ」

稲雄は思いつめたように呟いた。

「暁(あかつき)を迎えるためには、どうしても深い闇を通らねばならんかもしれんよ。私には今、日本の国がその闇の中にいるような気がしてならないもんねえ」

「夜明けまでに、どれだけ多くの人の流血を見ることになるんですかねえ」

稲雄との話はいつまでも尽きないのであった。しかも上洛を控えて、多勢子はいつまた会えることになるのかもわからず、感無量の思いである。

「竹村に用事があるので行かなくっちゃ。当分来られないかもしれないが、因信先生のことお大事にね」

「寝たきりになってかわいそうだがな、父も人間としてやるべきことはやりおおせたと思うし。悔いのない一生だったのではないかな」

多勢子と話し込んで少し気が晴れたのか、稲雄の返事は意外に明るかった。

「では帰らせてもらいますよ」

多勢子はもう一度因信の寝ている離れに顔を出し、北原家を辞して、そこで上洛の支度をする竹村家へと向かった。

天誅の嵐

多勢子が実家の竹村から京へ向けて発ったのは、文久二年八月みそかの朝のことである。長男誠夫婦のほかに、この竹村の当主盈仲にも多勢子は上洛の本当の目的を打ち明けることにした。後はすべて、都参りで押し通すつもりであった。

その日はあいにく、未明から雨になった。雨は時が経つにしたがって激しくなり、なかなかやみそうにもない。

「何もきょう無理をして旅立つこともないのに。一日二日延ばして、雨やみを待って出発したらいいのじゃないの」

盈仲はそう言って、出ようとする多勢子を留めようとした。が、多勢子は頑として聞き入れようとしなかった。

「都参りなら延ばしてもいいのですが、大変なことを決意したんだからね。出はなをくじかれては、雨に負けたことになるしね。邪魔しようとする障魔の働きはふり切っていかねばならないのよ。私が本当にやりおおせるのかどうか、天に試されているのかもしれません。やはり出かけることにしますよ」

盈仲の心配をよそに平然として蓑(みの)をつけ、笠をかぶって竹村家を出立した。盈仲は、せめて途中までもと言って、下僕をひとりつけてくれた。

雨は間もなく篠突(しのつ)くほどに強くなった。もう視界もきかず、一歩踏み出すごとにまるで雨の屏風(びょうぶ)を突き破っていくような感じである。下僕はもう一度竹村家に引き返すことを勧めた。

「いくら降っても、まさか命が溶けてしまうこともないずら。風がそう強くないのが幸いだで。先に進むことにしまいか」

命が溶けないから行く、という言葉にあきれはて下僕はしかたなく従ったが、そんな多勢子にも思いやりの気持ちがないわけではない。

「私はよくてもお前に気の毒です。どこかで雨宿りでもさせてもらうことにしますかね」

その後で、多勢子は悠然と和歌を一首ものにした。

旅衣　ふりかへれども　秋霧の　たちへだてたる　ふるさとの空

多勢子が口にした和歌を聞いたとき、下僕は驚いて腰を抜かしそうになった。どこを見ても霧などかかってはいない。とにかく顔が痛くなるほどの雨の束なのである。

「嘘ずら。それは嘘ずら」

下僕は腹を立て大声で叫んだ。

「何ごとも大変だと思えば、いっそう大変になるのだに。秋霧と見れば風情があるじゃないの。景色からなら嘘になるかもしれませんが、私の心の中のことなんでね」

蓑の下まで通っている雨にびしょ濡れになりながら、多勢子はからからと笑った。

近くに平田門下生の家があったので、二人は雨脚が弱くなるまでそこで休ませてもらった。多勢子の気迫に圧されたのか、午の刻を過ぎて雨は小降りとなり、多勢子はそこから下僕を帰すとひとりで中津川に向かった。多勢子の長女まさが、中津川の本陣市岡家に嫁いでいる。

市岡家へは挨拶だけと思って立ち寄ったのが強引に出立を引き留められた。まさはひとりで都参りに行くという母親が心配でたまらず、八方に手を尽くした。その結果、京麩屋町の染物屋伊勢久の手代が商用を終えて京に帰ることがわかり同道を頼んだのである。これは多勢子にとってこの上もない好都合であった。伊勢久の主人池村久兵衛は隠れ勤王の志士として活躍しており、多勢子はこの人を頼って上洛することになっていたからである。

中津川から大井の駅へ、十三峠から大久手の宿、九月十一日には細久手（ほそくて）から御嵩（みたけ）の駅に入った。大田の川（木曾川）の景観を楽しみ、鵜沼（うぬま）の宿から垂井（たるい）、関ヶ原、十四日には瀬田の長橋を通って瀬々に出、大津から京都入りをしたのは九月十五日のことである。市岡家での予定外の逗留があったので、竹村家を出てから半月が経っていた。

多勢子はひとまず麩屋町の伊勢久に草鞋（わらじ）を脱いだ。伊勢久こと池村久兵衛は手広く染物を商い、信濃一帯の蚕を買いつけて絹を織らせそれを染めて売っている。養蚕も営んでいる松尾家とは昔から取引のある間柄であった。池村家は奥行きの長い家で、多勢子は一番奥にある離れを与えられた。

店から薄暗い土間を通り抜け、裏口に出たところに坪庭がある。狭いが、石灯籠が置いてあり、手入れの届いた黄楊（つげ）の木や満天星（どうだん）などが植わっている。奥まっているため静かで、離れのその奥には土蔵があり隣家との境も遮断されている。外の音も届かず、離れでの話し声も近隣に聞かれる心配はなさそうである。

「松尾さま、きょうか明日かとお着きを待っておりました。旅は難儀でお疲れやしたことや思います」

久兵衛と妻の二人が離れにやってきて何かと心遣いを見せてくれた。

「お世話になります。都は不馴れですのでよろしくお願いします」

多勢子は腰を低くして挨拶をした。

「間に合わせのもんしかおへんのやけど、昼飯でも上がっておくれやす」

伊勢久の妻は商人らしく愛想のいい笑いを浮かべてもてなした。

「途中ですませてきましたので心配なさらないでください」

「ご遠慮せんといておくれやす」

「そうですか。では晩のご飯をいただくことにします」

せっかく相手が好意を示しているのにむげに断わることは失礼になろう。多勢子はいつも自分の意思をはっきりと表明することにしている。

「ほならお茶運ばせますよってに。ゆっくり足を伸ばしておくれやす」

「閑静（かんせい）でいい離れだこと」

「へえ、奥まってますよってに。ときどき志士方の密談にも使うてもろてました。松尾さまが来られたことを知ったら、皆どないに喜びますやろか」

妻は多勢子が足を濯（すす）いだ盥（たらい）を持ち、厨（くりや）のほうに去っていった。

「松尾さま、着かれるのが遅い思うて、心配しとりました」

伊勢久は終始笑顔を絶やさず、二度も三度も頭を下げる。恰幅（かっぷく）のいい一商人にしか見えないのだが、ときどき稲妻のように厳しい表情が走り、隠れ勤王志士の一面が顔に出る。久兵衛は商いで儲けた金を惜しげもなくつぎ込んで志士たちの面倒をみ、その働きを陰から支えていた。

「さて、松尾さま、このところ京の町筋はえろう物騒（ぶっそう）どす。外歩くときには気いつけておくれやす。夜のひとり歩きはあきまへん。怪しいて思われただけで斬り捨てられてしまいます。女やからいうて油断は禁物どす」

「洛内の道はほとんどわかりません。一日も早く、どこへでも行けるようになりたいのです。危ないからといって出歩かないわけにはいきません」

　この歳になって隠密として出てくるからには覚悟もできている。いまさら多勢子にひるむ気持ちはない。

「先月の二十九日は、岡田以蔵（おかだいぞう）ていう土佐藩士が猿（ましら）の文吉（ぶんきち）を絞め殺しましてな、それからは勤王方への幕府の詮索がそれはきつうなりましたのやわ」

「目明かしの文吉をですか」

「へえ」

　座光寺での北原家での寄り合いでも猿の文吉についてはたびたび耳にしていた。幕府の犬といわれている目明かしで、これまでにその毒牙にかかった勤王の志士は数えきれないほどである。文吉に対して勤王方では、ひとり残らず深い怨みを抱いていた。

文吉はまるで猿が木を渡るようにすばしこく、京の町の小路の隅々にまで入っていく。餌を漁る野良犬のように嗅ぎ回り、少しでも幕府に楯をつくような者は即刻捕縛して奉行所に突き出してしまう。ときには冤罪のこともあって、多くの人が犠牲になっていた。

伊那では山本貞一郎という武士が文吉のために命を落としていた。山本は水戸学を学んで伊那尊王の先駆者となった人である。尊王心の篤い山本は、水戸密勅事件を画策したために幕府に狙われる身となった。文吉に尾行され、懐中物を掏りとられてそこから足がついて見つかったのである。文吉は卑劣なやり方で山本を追いつめ、ついに毒を仰がせて自裁させた。

山本の無念な最期は、平田一門にも伝えられ、皆憤怒して山本の仇討ちを誓い合っていたのである。

文吉は、幕府寄りの筆頭公卿だった九条尚忠の諸大夫で志士狩りの先頭に立った島田左近にとり入って、養女の君香を妾に上げていた。

「とにかく天誅が相次いでます。例の島田左近どすが、君香ていう女を木屋町に囲うてましたのや。そこで風呂から上がって全裸でおるところを、攘夷派に斬られたいうことどす。文吉はその後でやられたて聞いとります」

伊勢久はあたりをはばかるように声を落として話した。

文久二年の後半は、攘夷派が天下をとったように暴れ出した時期であった。攘夷派をしめつけてくる幕府方の武士には、天に代わって制裁する、つまり天誅の刃を片端からふるっていった。攘夷派の義憤が堰を切って流れ、幕府方に向けられたのである。

多勢子が上洛する前の七月二十日、島田左近は天誅第一号として首を斬られた。島田の首は、四条の橋から一丁北に寄った河原に梟せられた。左頭上から頬にかけて深い疵跡のある首が、長い竹の棒の先に突き刺されて掲げられた。そばには、「逆賊長野主膳に同服した天地大奸賊なり」の立て札が立っていた。

八月に入って、越後の志士である本間精一郎が理由もはっきりしない天誅に遭い、左近と同じ四条河原に首を晒された。その翌々日の八月二十二日には、九条関白家の臣宇郷玄蕃の首が松原河原にかけられ、そして文吉への天誅とつづいた。

文吉については、勤王の志士の中には、その肉を食らい、骨を砕いてもなお飽き足らぬと言って憎んでいる者もいた。着物を剝ぎとられた全裸の文吉が、臀部から胴体に一本の竹槍で突き刺され、肥えた肢体のままで磔にされている姿は無惨であった。

多勢子は入京早々にこうした事件を耳にしなければならなかった。これで伊那の山本貞一郎も浮かばれようと思ったが、口にすることは避けた。無謀な殺戮は味方の為業といえども赦されるべきではないと思ったからである。

「その辺を歩いてみたいと思います。出かけてきたいのですが」

「今着いたばかりでお疲れどっしゃろ。きょうはゆっくりしはったらどないどす」

「道を早く覚えたいのです。少しの時も惜しいのです」

引き留めようとする久兵衛に従わずに、多勢子は茶を一杯飲むと麩屋町の伊勢久を後にした。尊王の働きをしたくても、こう不案内では身動きがとれない。多勢子は道をききながら歩いていき、四条通りに出、右と左に一度ずつ曲がってから河原町に出た。鴨川という川を見たいと思い、三条の大橋に辿り着いた。

季節柄、橋の下を流れている川は水嵩が少ないように思われる。山の景色なども都のは、嶮岨な伊那の山に比べると優雅で風情があると聞いている。しかし大橋の欄干に身を寄せたとき、都の風物への期待は一瞬にして裏切られ、多勢子は背筋が寒くなるのを覚えた。

河原は罪人の処刑の場であった。都の美しい眺望は、残酷な仕置きによって目を蔽うほどに汚されている。首を晒された者の遺留品が跡を留め、白骨が鳥についばまれて風化し転がっている。そうしたものが点々と砂礫の上に落ちていた。下流を見ると、両腕を広げ棒にくくりつけられた人体が、そのままの形で腐蝕しているのが目に入った。

「何と恐ろしい」

多勢子は強い衝撃を受けて目を逸らした。

橋の上にひとり、動かずにじっとこの光景を見ている武士がいる。若くて、顔が女のように色が白く、全体が華奢なつくりである。体も細かった。

「あれが目明かしの文吉めだ。きゃつのために、同志がどれだけ苦しみ死んでいったことか」

わずかの言葉から、勤王の志士らしいことがわかった。風貌に似合わず太くて猛々しい声である。頬がほんのりと紅潮している。通行人は慌ただしく通り過ぎて行き、この志士のことを咎めようという者は誰もいない。もし同心の耳にでも入ったらすぐに捕らえられ、町奉行所へ引き立てられよう。そのむこう意気の強さが多勢子の心を騒がせた。

「気をおつけなさいまし」

多勢子は志士のほうへ歩み寄って囁いた。

「おおきに、ご隠居さん」

男の言葉にはいくらか京訛りがあるようである。

「人通りの多いところでそんなことを言ったら危のうございますよ」

見ると志士の背中に綿屑がついている。何でこんなに綿屑がついているのだろう。多勢子はそう思い、一つずつつまんでとってやった。志士は照れくさそうにはにかんだ。

向こうから幕府方の兵士が隊列を組んでやってくるのが見えた。

「おふくろさん、ではご免」

志士は素早く身を翻し、道の角から小路へ曲がって見えなくなった。多勢子は自分の耳を疑った。確かにあの人は自分のことをおふくろと呼んで去っていった。ほんの行きずりの小さなことだったが、それは多勢子の心に甘い余韻になって後をひいた。

川面から冷たい風が足もとに吹き上がってくる。京も冬は比叡山からの吹き下ろしが寒いと聞いている。多勢子は首をすくめ衿もとを掻き合わせた。

この河原は秀吉の甥秀次の妻妾など三十余人が、秀次処刑のあおりを受けて斬られた場所であると聞いている。関白の妻妾として綺羅を着飾っていた女どもが、きょうは冤罪によって囚われ人となる。歴史の狭間で時の権力者の犠牲になって死んでいった女たちの悲しみを、多勢子はひとり欄干に凭れて偲んだ。

河原はもう暮れかかっている。長いこともの思いにふけった後で、多勢子はさっき来た道を逆に辿って伊勢久に向かった。

伊勢久は心配のあまり、店の前に出てずっと待っていたようである。

「遅いので、どないしはったのか思て」

「三条大橋まで行ってきました。ご心配かけてすみません」

「この次からは手代でもつけてあげまひょ。そのほうがわてらも安心どす」

律義で情の篤い伊勢久は、信用を得て商売も繁盛し、最近では京都、信濃のほか飛騨や美濃にも商いの手を伸ばしている。店の奥に平田学の書籍なども置いて、目立たぬように売っている。番頭、手代、丁稚など使用人も多かった。

「おおきに」

多勢子はひとつだけ知っている京言葉をつかってみた。

「いやあ、松尾さまには負けました。さっき上洛しなはったばかりやのに、もう京都弁つこうてはります」

伊勢久は腹をゆすって、張りのある大声で笑った。

夜になって、多勢子は伊勢久の母屋で晩餐の馳走にあずかった。料理は京名物の鱧である。美味な肴に釣られ、多勢子はいつもよりも多く盃を重ねた。家業の地酒の醸造を手伝い、たまに利き酒をしたり、夫の晩酌の相手をしたりしているうちにいくらかいける口になっている。

ほろ酔い加減で離れに戻って横になると、昼間の三条河原のことが思い浮かんだ。上京早々の多勢子にはあまりにも刺激の強い光景であった。そして背中に綿埃をつけ、おふくろさんと呼んだ若い志士のことも気になった。しかし酒がほどよく体に回り、やがて多勢子は軽い鼾をかいて眠りに落ちた。

天誅はその後も絶えることがなかった。多勢子の上洛から半月後、町奉行与力の渡辺金三郎と同心の二人が、粟田口に首を晒された。それから彦根藩主長野主膳の妾村山多加が、勤王の志士の身辺を洗い密告したというかどで、二条河原北一丁半に湯じ一枚で生き晒しにされた。多加は殺されずにすんだが、主膳は斬首の刑に処された。天誅で狙われたのは、勤王の志士狩りをした幕府の武士とその配下、安政の大獄にかかわった幕臣、さらに公武合体の画策者等であった。そのなかでも、大物として特に目をつけられていたのが岩倉具視である。

前々年の桜田門外の変での井伊大老の死は、幕府の弱体化にいっそう拍車をかけ、幕府方から朝廷に歩み寄りがみられ、公武合体の策が講じられた。

皇妹和宮(こうまいかずのみや)が十四代将軍家茂(いえもち)へ降嫁することについては、孝明(こうめい)天皇は反対の意見を持っていた。宮自身もすでに有栖川宮(ありすがわのみや)との婚約があり、徳川に降(くだ)ることを嫌っていた。天皇は信頼を寄せている侍従の岩倉具視に、これについての意見を質(ただ)した。岩倉は、幕府に将来必ず安政の仮条約を破棄することを約束させた上で公武合体に進むべきであると奏上し、岩倉のこの進言が容れられて和宮は京から江戸城へと入輿(じゅよ)した。

安政五年に、幕府は勅許を待たずにわが国とアメリカ、イギリス、ロシア等五カ国との間に修好通商条約を結んでいた。そのうち日米間の条約は、相互に首都に外交代表を、開港場には領事を駐在させる、箱館、横浜、長崎、新潟、神戸等を開港するなどの微細にわたる条項がとりきめられていた。

岩倉は左近衛権中将(さこんえのごんのちゅうじょう)に昇進していたが、公武合体を推進したために、勤王方から佐幕派と誤解された。ほかにも公武合体派の久我建通(こがたけみち)、千種有文(ちぐさありふみ)、富小路敬直(とみのこうじひろなお)、これに岩倉を入れて四卿、この四人は勤王方から四奸と呼ばれて狙われた。

さらに和宮降嫁に力を尽くした宮中の女官二人、少将内侍(ないし)今城重子(いまきしげこ)と衛門(えもん)内侍堀河(ほりかわ)紀子(もとこ)とが譴責(けんせき)され、四奸両嬪(しかんりょうびん)として悪人扱いをされることになった。

岩倉は尊攘派を支持する公家からも弾劾(だんがい)され、官職を去って落飾(らくしょく)の憂き目をみねばならなかった。僧形となった岩倉は、洛内での居住を禁じられ、洛北の岩倉村に逃れて一民家に蟄居した。多勢子が入京するひと月前のことである。

天誅の波紋はさらに広がっていった。文久三年に入ると、四奸のひとりである千種有文の家臣賀川肇が犠牲となり、尊攘派の手にかかった。賀川の体はばらばらにされ、首は一橋慶喜の宿泊している東本願寺へ投げ込まれた。油紙で包装された右腕は千種家の門内に投擲、さらに左腕には匿名の斬奸状が添えられて岩倉の本邸に投げ込まれた。右腕に添付された千種家への文書には、「賀川肇は国賊なり」と書いてあった。

多勢子はこうした最中の京に乗り込んできたのである。

菊の館

着京した次の日、多勢子は朝早く目を覚ました。伊勢久の母屋からは味噌汁の匂いが漂ってくる。もう奉公人が朝餉（あさげ）をとる時刻になっているようである。離れの軒端（のきば）と蔵の廂（ひさし）の間から、朝の光が太い束になって降り注いでいる。朝晩の冷え込みがめっきり厳しくなっていた。

一日も早く尊王の活動に挺身したい。そう思い心は逸（はや）っているが町を独りで歩くこともできず、多勢子はまず京の地理に詳しくなりたいと思った。

伊勢久の妻が朝餉を離れに運ばせると言ったのを断わって母屋でとり、多勢子は離れに戻って一服していた。庭の楓（かえで）が色づき、満天星（どうだん）の葉にもほんのりと紅の色が萌（きざ）している。

「松尾さま、朝から申しわけおへんが、お客はん連れて参りました」

伊勢久が柴折戸（しばおりど）を開けて庭へ回ってきた。

「長州藩士の世良さまどす。松尾さまにお目にかかりたいて言わはりますので、急で悪いのどすが来てみました」

伊勢久は案内してきた志士を多勢子に紹介した。

「平田門下生の世良利貞と申します」

礼儀正しい志士で、上がっても座蒲団も当てず下座に控えている。平田学は長州藩にも広まっていて、世良はそのなかで最古参の門下生であった。

「あなたさまが世良さんでございますか。信濃にいたときから名前はうかがっておりました」

「きょう伊勢久に来て、松尾さんが上洛していると聞きお目にかかりたいと思って」

「はい、少しでも尊王のためお役に立ちたいと思って、歳も考えずにやってきました。きのうは三条大橋へ行ってみたのですが、なにぶんにも京は不案内なので少し苛立っていたところです。目明かしの文吉の処刑のあとを見てきました」

「憎い相手です。勤王の志士はひとり残らずやつの天誅を望んでおった」

世良の柔和な顔が引き締まり、少し言葉を荒げて言った。

「でも、天誅というのは私怨なのでしょう。美しい都の辻が毎日血で汚されている。私には耐えられないように思われるのですが」

多勢子は感じたままを素直に話した。

「松尾さん、軽々しく天誅の攻撃をしてはなりませんよ。あなたも勤王の敵ではないかと疑われる。三条河原に梟首（きょうしゅ）された本間精一郎（ほんませいいちろう）は勤王派なのに、その挙動に不審があるとして同志の軋轢（あつれき）から殺されたのだから」

「それは気の毒でした。今はみな疑心暗鬼で、味方さえ信じられないような世の中なのですね」

「佐幕か、尊王か、公武合体か、縦横に入り乱れて判別もつかぬのが京の実態なのです。例えば薩摩藩主の父島津公は、公武合体論者なのに、その配下に熱心な攘夷討幕論者がいるというふうに、一つの藩の中でさえ統（す）べられていない情勢なのだから」

話の突っ込み方や切れ味のよさから、多勢子は世良のことを頭のいい志士だと思った。熱情に駆られ、無分別な行動に出る人ではなさそうである。

「いずれにしても私の上洛の目的は、王権回復のお手伝いをしたいことにあります。敵味方の判別もむずかしい状態ならば、隠密の役目もやりがいがあるというものでしょう」

伊勢久は商いがあるので、早々に座を立って店へ戻った。下女が茶を運んできた後は音もなく、たまに小鳥が囀（さえず）っているだけである。

「松尾さんの役目、大儀に思います。それで、われわれがいま一番懸念しているのが岩倉具視のことについてなのだが」

「岩倉公をはじめとする四奸両嬪については、すでに弾劾され隠退(いんたい)したと聞いておりますが」

「いや、岩倉は大謀略家なのだ。落飾の身になったからといって安心はできない。尊攘から公武合体に転じ、何を目論んでいるのか底の見えない恐ろしさがある」

世良は、勤王方が岩倉についてどのような見方をしているか、それについて述べた。機を見て再び政(まつりごと)を陰から操り、幕府の肩を持って勤王側には不利に働くであろう、というのが一致した結論なのだという。いずれにしても勤王方では皆、岩倉をこのまま生かしておくわけにはいかないと考えているともいう。

「われわれだけではなくて、岩倉は公卿の中山忠光(なかやまただみつ)、土佐の武市半平太(たけちはんぺいた)からも憎まれている。その擯斥(ひんせき)処分が甘すぎるともいわれている」

「待ってください。私は前に座光寺の北原という家で、岩倉公について聞いたことがあります。そのときには、公は裁量のある腹の大きい人間で、これからの日本の政を動かす人になるかもしれないということでしたが」

「それは岩倉が攘夷派だったときの評判でしょう。転々と主義を変える不埒(ふらち)な奴なのだ。腹が大きいというのが奴の曲者（くせもの）たる所以（ゆえん）なのでしょう」

冷徹そうな世良が話すと、すべてが真実に聞こえてくる。が、なぜか多勢子は鵜呑（うの）みにできないような気がした。

「政には時代の移り変わりで動いていく面があるのではありませんか。次々に主義を変えたという見方もあるでしょうが、時の流れを見た上での対処のしかたもあると思います。噂や外見だけで判断するのは尚早にも思います。私は、自分のこの目で確かめてみたいのです」

多勢子は面白いことを言い出した。主体性のある、是々非々のはっきりとした意見である。

「岩倉公に会見を申し込みたいと思います」

「何ですって、松尾さん、そんな大事をよくも簡単に」

世良は目を丸くして息を呑んだ。この田舎出の婆さんは、いったい何を言い出すのであろうか、そんな顔である。

「世良さん、私は一日も早く働きたい。しかも最も役に立つような形で」

「松尾さん、どうだろうか、嵐山（あらしやま）へ散策にでも行ってみませんか。もうそろそろ紅葉も見ごろになると思います」

世良は急に話題を変えた。誰が考えても無謀なことを当然のように言い出す多勢子に呆れ、まともにとり合ってもしかたがないと思ったようである。

「世良さん、私は真面目に言っているのですよ。はぐらかすのは失礼です」

「はあ」

きっと身構えた多勢子に、世良は返事のしようがなくなって頭を掻いた。

「遅くなってすまん。ずいぶん待ったのではないか。途中岡っ引きにつけられて遠回りをしてしまったのだ。拙者まで怪しまれるようでは、幕府の監視も気違い沙汰になった」

もうひとり、離れに男がやってきた。季節はずれなのにひどい汗をかいている。

「福羽と申す。初対面だがよろしく」

福羽美静は、津和野藩出身の国学者である。安政年間から江戸に出て平田鉄胤の教えを受けていたが、文久に入り津和野藩の藩務のために上京し、王事にも奔走している。濃い眉と厚い唇の目立つ大顔であるが、脚が短いので背丈は低い。

「松尾さんは、一日も早く尊王の活動をしたいと言っている」

福羽が坐ると、世良は第一に多勢子の望むところを伝えた。

「松尾さん、そのためには、天皇側近の公卿方に近づくのが先決と思われます」

福羽は学究肌なので、すべてものごとも話も順序立てて運ぶという癖がある。

「松尾さん、福羽は公卿白川家に招かれ古書の講釈をしている。いや、それよりも天皇の侍講のため宮中に伺い、ご進講申し上げている身だ。われら同志のなかでは和漢学に秀で、賢所に参上できる羨ましい身分なのです」

世良は、福羽をそのように紹介した。そういえば福羽の態度には気品があり、どこか他の志士とは違った印象を与える。特に宮中で侍講していると聞くと、福羽の顔が輝いているように見えてくるので不思議である。世良は人なつこくて親しみやすいが、福羽は礼儀正しく毅然として、威厳に満ちている。いかにも天皇の進講者にふさわしい容貌である。

「福羽さん、松尾さんのことは皇学に熱心な女流歌人という触れ込みでどうだろうか。早速白川卿にお目通りできるようとり計らっていただけないだろうか。松尾さんの和歌はかなりのものらしい」

「いいえ、恥ずかしい限りです」

「何か一つ、聞かせてもらえまいか」

福羽は強い関心を示し、多勢子の和歌を聞きたがった。

「人前でご披露できるようなものではありません。特に福羽さんのように学問のあるお方の前では」

「いや、拙者は不粋者で、和歌の講釈はできるが、歌詠のほうは苦手です」

「私は自分の歌をうまいと思ったことはありません。ただ折々に感じたことを素直に表現しているだけなのです。では一首」

武士（もののふ）の　赤き心を語りつつ　明くるや惜しき　春の夜の夢

「これはいい。われわれ志士の心根にぴったりの和歌ではないか」

世良は感心したように言い、それから多勢子に訊きながら自分も吟じた。

「松尾さんは、花鳥風月については詠まないのですか」

福羽が尋ねた。

「はい、花を見て美しいとも思いますし、月にかかる叢雲（むらくも）に感じることも多いのです。でも私の関心は、やはり人間にあるようです」

「うん、松尾さんらしい」

世良はきょう知り合ったばかりなのに、もっともらしいことを言ってうなずいた。

「たとえ自然のことを詠んでも、結局人が出てきてしまうのです」

「松尾さんの和歌には脆弱(ぜいじゃく)さがないと聞いたことがある」

福羽は白川卿に多勢子を歌人として紹介する以上、いろいろと知っておく必要がある。

「この歳になって王事に参加したいと思うのですから、少々変わっているのかもしれませんよ」

多勢子はさばさばと言って笑った。笑うと丸い顔の頬に大きなえくぼができる。歳よりもずっと若く見え、如才なくてときには子供のような無邪気さをちらつかせる。初対面なのに、福羽も世良もずっと以前からの知己のような親しみを持つことができた。二人は長く話し込んだ後で帰っていった。

十日ほど経つと、世良が再び伊勢久の離れを訪問した。福羽から伝言を持ってやってきたのである。

「白川卿へ参上する日どりは九月二十五日にきまりました。神祇伯(じんぎはく)白川卿の邸は、御所日の出門の前です。当日は福羽さんがここまで迎えに上がると言っている。支度をして待っていてくださいということでした」

世良は参上の時刻も間違えぬようにと念を押した。

「ありがとうございます。疎漏(そろう)のないよう気をつけますとお伝えください」

いよいよ尊王活動への第一歩が始まろうとしていた。それには公家などの堂上に近づくのが手っとり早い方法なのである。天皇側近の白川資訓卿へ参上できるという首尾のいい返事をもらい、多勢子は胸が躍った。

多勢子は信濃の片田舎の一老婆にすぎないのだが、松尾家は代々里正（庄屋）をつとめ、天竜川伴野の渡し権なども有している由緒のある家柄である。多勢子は夫ともども、前に美濃高須藩主の松平義建にも引見の栄を賜ったことがある。義建の知行地が伊那にもあったためで、水戸家六世治保の子である義建は、尊王の念篤いという多勢子に自ら望んで目通りを許したのであった。養子として高須藩主を継いだが、義建にはもともと水戸勤王の血が流れている。

武士の　手にとり見れば　みすずかる　信濃の真弓　しなよくありけり

義建は多勢子のことを弓に例え、気品がある女性として和歌に詠み贈っていた。

そのために、公卿白川の拝謁の儀についても多勢子は格別負担には感じなかった。実生活で多くの場数を踏んできたことが自信となり、態度には卑屈さがないのである。

当日、多勢子は福羽に案内されて日の出門前の白川邸に出かけた。拝謁の間に通されたとき、多勢子は庭の景色に目を奪われた。庭は白や黄や橙(だいだい)や淡い紫の小菊などが咲き乱れ、足を踏み入れる場もないほどである。その景観に多勢子は言葉を忘れた。

「庭が気に入ったようよのう」

高座に坐った白川卿がゆったりと声をかけた。

「庭に見とれて失礼をつかまつりました」

多勢子は福羽の背後で両手をつき、深く頭を下げ顔を上げなかった。

「信濃の国、伊那伴野より参りました松尾多勢子でございます。本日は白川様にお目通りかない、恭悦至極(きょうえつしごく)に存じ上げます」

「福羽より聞いておる。近う、もっと近う」

卿はいたって親しく、自ら多勢子に話しかけた。

「深まりゆく秋の気配に一献(いっこん)どうじゃ」

卿は手ずから多勢子に盃を渡し酒を注いでやった。その上にのし昆布もとらせた。破格の遇し方である。

「誠にありがたく存じ上げます。お目通りかないました上、手厚くおもてなしを賜り、命をかけてご奉公申し上げたいと念じております」

「和歌の道に、これまた命がけとはのう」

歌詠みの老婆という触れ込みでの参上であったと気づき、多勢子はひやりとした。

しかし卿はそう深い意味で言ったわけでもなさそうなので、胸をなでおろした。

「どうじゃ、一首詠んで聞かせてはくれぬかのう。『菊盛久』の歌題を与えようぞ」

「めでたいお題にてございます。では、早速一首を」

多勢子は傍らの筆にたっぷりと墨を含ませて、短冊に認めた。

千重におく　霜けもいまだ　白菊の　世を長月の　いろぞ久しき

「これは見事。そなたの腕前もたいしたものよのう。恐れ入った」

卿は多勢子の歌に満足したようで上機嫌である。

「思いのみまさって、歌才なくお恥ずかしゅう存じます」

多勢子はもう一首、白川家の弥栄を賞でる和歌を詠んで加え卿に献上した。白川を流れる川に例えて、その末長い繁栄をたたえたものである。

「この後もたびたび参るとよいぞ。歌会にも招じよう。そちは尊王心篤い媼と聞いておる。都参りのほかに大義の目的もあろうに」

白川卿はすでに多勢子の上洛の意味を看破していたのである。

「何かとお役に立つことがありますれば」

「追って福羽を通じて沙汰をいたす。きょうはゆるりと観菊などして帰るがよかろう。寛いで参れ。あとは福羽が相手をいたせ」

卿も幾度か盃を重ねた後、多勢子に労いの言葉をかけて座を立った。

着京してから三条河原の処刑あとなど、殺伐としたありさまばかり見ていた目には、小菊が千々に乱れ咲く庭は夢のように美しかった。

「福羽さま、きょうは花の宴にお招きいただいたように思います」

多勢子はまた庭の景色に目をやり、しばらくの間身動きもせずに眺めていた。

堂上の邸に上がったのは、多勢子にとって初めての経験であった。激雨をついてやってきた旅の苦労も今は報いられる思いがした。参上するにしてもふさわしい衣服の支度もなく、紋付も帯も伊勢久の妻からの借り着である。多勢子はまた一首、浮かんできた和歌を書かずに頭の中で記憶した。帰ってから毎日つけている日記「都の苞」に書いておこうと思った。

少女子が　あまの羽衣　かりにきて　雲井にのぼる　けふの嬉しさ

白川家を退出して、多勢子は福羽と二人話しながら歩いた。

「郷里の松尾では酒も造っています。きょう白川様で戴いたお酒、誠に畏(おそ)れ多いのですが味がよくなかったように思います。水で割ったように薄いお酒でした。上等のを造らせ、献上したら失礼に当たりましょうか」

多勢子は遠慮がちに福羽に訊いてみた。

「公卿方はいずこも財政が逼迫(ひっぱく)していて、ひどい窮乏(きゅうぼう)の暮らし向きと聞きました。しかしもっと畏れ多いのは、皇室御用向きの費用が幕府から大幅に削減されたことです」

福羽の表情が暗くなった。

「禁裡(きんり)では万般について切り詰めねばならなくなりました。主上のお召し上がり物もままにならぬ耐乏のお暮らしだとか」

福羽はもっと具体的に話し出した。禁裡が幕府より受けとるのは、三万石高の料地から上がる年貢だけである。実際には、三万石よりもっと下回る石数になってしまう。この一切は幕府の代官とその下役によって預かられ、その中から徐々に賄(まかな)われていく。皇室側では一銀銭も自由にすることはできない。それでもなお、幕府では経費を節減せよとの達しを出しているという。

例えば宮中新年の宴会の雉子酒は、雉子肉のかわりに豆腐の切れ端が用いられるようになった。魚も鯛などの高価なものは食膳に上がらず、あまりまずいので主上も箸のすすまぬことが多い。もちろん酒にいたっては、贅沢な品として水で割った稀薄なものが供せられている。

「禁裡の窮乏財政は、主上の急のお月見の肴にもことかき、捨てるつもりだった鱧の皮と大根とを刻んで鱠を作って差し上げたところ、ことのほか美味と仰せられ『待宵の鱠』という名を賜ったとか。臣下にはそれがかえって涙の種となったといいます」

「下々の者でさえ、もっと奢ったものを口にしておりましょうに」

「皇室には耐乏を強制し、幕府では禁裡会計方の役得を利用して営利を貪る御家人もいると聞いています」

「絞りたてのおいしい酒を主上に献上しましたら、どんなにかお喜びになりましょう。松尾の家では余るほどにありますものを。もったいなくて心が痛みます。一日も早く王権を回復して、主上の危急をお救い申し上げねばなりますまい」

白川家には土産代として金一封を携えていったが、松尾家醸造の地酒を献上できなかったのが残念でならなかった。

「松尾さん、これからは忙しくなりますぞ。公卿方と志士方の連絡など、幕府に知られていないあなたに頼むことになると思います。白川家へ出入りするのは、あくまでも歌詠みの一女人としてなのです。気づかれないようにせねばなりません」

「心得ました。誰が見ても、私は何の取り得もない田舎の婆にすぎません。きっとお役に立てると思います」

多勢子は、またその頬にえくぼを浮かべた。松尾さんはきっと誰にでも好かれる人になろう。福羽はそう思い、多勢子と並んでゆっくりと歩いた。

秋深く

多勢子が白川邸に参上した次の日、世良がまた伊勢久にやってきた。

「きょうは世良さんが見えるような気がしていました」

そう幾度も会ったわけでもないのに、同じ平田学の門下生ということからか、多勢子は世良に親しみを持つようになっていた。多勢子には、以前からあまり人を選ばないところがある。

「白川邸参上は首尾よくいったと聞いて、ほっとしています。卿もひどく喜ばれたそうですね。福羽さんも松尾さんの人徳なのではないかと言っていました」

「とんでもないことです。見えすいたお世辞を言うものではありませんよ」

世良にはもう、冗談の一つも言えるようになっている。

「きょうはいい知らせを持ってきました」

世良は声を弾ませている。

「この後も、できるだけ多くの公卿方に紹介の労をとりたいと福羽さんが言っているのです。大原重徳卿や裏辻公本卿などにも」

「まあ、大原様や裏辻様にも」

白川卿ひとりでも過分の厚遇といわねばならないのに、福羽は次々と手を打って多勢子が十分に働けるようにと考えてくれているというのである。

大原重徳は朝廷側公卿のなかで実力では第一人者といわれている。多勢子の身分では、そう容易に面謁できる相手ではないのである。

「松尾さん、これからの働きは命がけになるかもしれない。喜んでばかりもいられまい」

世良は真剣な表情になった。

公卿大原重徳が果たした役割は、国情を変えるほどに大きいものであった。安政三年、米総領事のハリスが下田に着任し、幕府は日米修好通商条約を締結しようとしたが、当時、この計画を失敗に終わらせたのが大原である。大原は堂上のなかでも朝廷庇護の矢表に立った、最も力量のある公卿であった。

「ところで松尾さん、大原、裏辻両卿に伺うにしても先のことになるでしょう。どうだろうか、明日にも洛外をぶらぶら歩いてはみませんか」

「とても遊行などする気にはなれません。京見物に来たのではないのですから」

「遊行の散策だって役に立つかもしれない。嵯峨野の辺で、幕府方の士が密議を重ねているという噂もあるのです」

　世良は意味ありげなことを言い出した。

「そういうことでしたか」

　ただの物見遊山ではない、そうわかると多勢子は出かけてみようと思った。

「では明日ではなく、明後日にしてもらうとありがたいのですが」

「ではそういうことにしましょう。朝のうちに出かけたい。五つ（午前八時）、三条大橋の上で待っています」

　世良は約束を交わすと長居をせずに帰っていった。

　菊月末の二十八日、多勢子は世良と三条大橋で待ち合わせ、洛外に向けて出発した。早足で歩いてももう汗ばむ季節ではなくなっている。幸い風の立たないいい日和に恵まれ、冷え込みもそう厳しくはなかった。

「途中、三カ所に寄り道をしたい。それから嵐山へ向かおうと思います。ずいぶん歩かなければならないが大丈夫ですか」

「若い人には負けません。田畑を耕してしっかりと鍛えた足腰なのですから」

多勢子は前を歩いている世良をわざと追い抜いてみせた。

「先は長い。無理をしないで」

世良も本気で張り合う気はないが、走って多勢子の前に出た。

「負けはしませんよ、世良さん」

多勢子は足を速めるとまた世良を追い越してみせた。はたから見ると仲のいい親子がまるで競い合っているような光景である。立ちどまって笑っている通行人もいる。

こんなことを繰り返しているうちに、とうとう世良のほうが音を上げてしまった。多勢子はわざと知らんふりをしてすたすたと歩いている。先へ行って、癖の高笑いをして立ちどまった。

「参りましたか、世良さん」

「松尾さんにはとてもかなわない」

「毎日鍬をとって働いていたことが、思いがけず役に立ちました。敵に追われてもこれなら心配ないでしょう」

多勢子は息づかいにもたいした乱れを見せず、世良はまるで忍者とでも掛け合ったような不思議な思いにとらわれた。

「私は幼少のころから、北原因信という従兄について実学の大切さを教えられました。

農作、養蚕、そして天竜川の治水工事の手伝いまでさせられたことがあるのです。そのためにこのように脚が丈夫になったのだと思います」

多勢子は背が高いが痩身なので、動作が機敏である。それは隠密としての条件にはうってつけなのであった。

世良は三条の大橋から道を北にとって歩いた。多勢子は駕籠にも乗らず、一日も早く京の道を、自分の足で確かめて知りたいと懸命である。鴨川に沿って川端通りを行き、賀茂大橋、葵橋と橋を二つ渡って糺の森に出て下鴨神社に立ち寄った。そこから西南に当たる嵐山に向かう。機織りに関わりがあるという蚕の社に寄り、太秦に出て広隆寺を拝観し、帷子の辻、車折を通って天竜寺に着いた。いっこうに顔に疲れを出さない多勢子を見て、世良は改めて驚いたようである。

「松尾さん、腹がすいた」

歩きづめだったので世良はとうとう弱音を吐き、天竜寺の境内にある湯豆腐屋の前で動かなくなった。午の刻をとうに過ぎてしまっている。

「嵐山はもうすぐそこなのでしょう。昼食は、紅葉の観賞をしながらにしようではありませんか」

多勢子は世良を促すとまた歩き出した。渡月橋に来ると想像以上の人出である。川向こうの嵐山では、常緑樹にまじり目も醒（さ）めるような鮮やかな紅葉や黄葉が、綾錦（あやにしき）を織って季節を飾っている。

「これは素晴らしい。見事な自然の工（たくみ）ですね」

多勢子は目の前に繰り広げられる景観に溜息をついた。伊那の山々は険しくて雄勁（ゆうけい）であるが、京の山は女の撫（な）で肩を思わせるように円味を帯びていて優雅である。

「さて、飯にしよう」

世良はとにかく花より団子といった様子で、橋の際にある一軒の飯屋に入っていった。

「世良さん、案内ご苦労さまです」

多勢子は労いの言葉をかけ、焼魚や煮物、湯豆腐におひたし等多くの品数を注文した。お銚子もつけさせようとするのを世良は断わった。

「これからが本番なのだ。仕事の前に酒は控えたい」

しかし食欲のほうはかなりのもので、鍋に首を突っ込まんばかりに湯豆腐を掬（すく）いとっている。多勢子は背中に斜（はす）に結いつけてきた風呂敷包みをほどいて、中から握り飯や香の物をとり出した。いずれも伊勢久の妻が支度してくれた心づくしの品である。

二人は、中食（ちゅうじき）をすませて少し休んでから飯屋を出た。さっきの天竜寺まで戻って左に曲がり、奥嵯峨野に入っていった。道の両側は孟宗(もうそう)の竹林になり、行けども行けども鬱蒼(うっそう)とした竹の林が続いている。風が吹くたびに葉末がざわざわと騒ぎ不気味な音を立てた。

「信濃では、もっと竹林が明るいように思います」

「この辺は窪地になっているからでしょう。こうした場所は、隠れ住むには恰好の所でしょう」

このあたりは王朝時代、貴族などが別荘を建てて住んでいた所だという。そうした名残りが今も見受けられるようである。竹林を抜けると、世良が話したように、やはりそれらしい茶人好みの庵(いおり)や山荘が散在しているのが見えた。

人通りはほとんどないのに、世良は慎重に気を配り、警戒しながら先へ進んだ。

「前からわれわれは、この辺が怪しいのではないかと目をつけていた」

さっきまで人影がなかったのに、少し先を武士が歩いている。こうした人里離れた地に何の用事があるのか、慌ただしい歩き方である。どう見ても散策しているようには見えない。世良は後をつけた。

「母上、疲れたのではないですか、さあ」

世良はいきなりしゃがみ込むと、多勢子を強引に背負った。

「母上、京見物は気に入りましたかな」

大声で話しかけてきたのも不自然である。しかし多勢子はすぐに世良の企(たくら)みをみてとった。調子を合わせねばならないのである。

「せがれよ、京は珍しいものばかりで気に入りましたぞ。お前は親孝行なので母は嬉しく思います」

「いいですか、あの侍の行く先に注意していてください。くれぐれも気づかれぬようにして」

世良は背負っている多勢子に囁(ささや)いた。

向こうにこんもりとした木立が見え、野宮(ののみや)という神社があったが、武士は参拝するふうもなくて前を素通りした。世良は見失うまいとするように早く歩いた。

「母上、道に散り敷く紅葉を踏み分けて行くのも風情のあるものですね」

誰が見ても、上京した母親を連れて見物に歩いている親子の姿である。しかし白ばっくれてはいても、世良の神経は前を行く武士に集中している。武士が立ちどまりそうになった。世良は道からそれ、常緑の木の下に入って様子をうかがった。武士はあたりを見回し、それから藪(やぶ)の中の細道を分け入って姿を消した。気をつけないと見落としてしまいそうなかぼそい道である。

「きゃっ」

多勢子を背中からおろすと、世良は腰を落とし頭を低くして草むらに入っていった。嵯峨野に誘ったのはこういうことであったのか。多勢子は、世良のこの探索には何か意味があるのかもしれないと思った。そして世良の後に従った。

木隠れに草庵ふうの古い家が見えた。貴族とか茶人の別荘にふさわしい風雅なたたずまいである。しかし遠目から見ても、かなり傷んでいて朽ちてきているのがわかる。

「松尾さん、あれはもしかしたら幕府方密偵の武士が密議を凝らしている家かもしれない。勤王の志士を憎み、捕縛しては私刑を加えている、それがどうも嵯峨野らしいという噂が流れているのです」

世良は刀の柄に手をかけて忍び寄ろうとした。

「お待ちなさい。今飛び込んでは危険です。敵方の状態がまったくつかめていないではありませんか。血気に逸り、早まったことをしてはなりません。世良さんらしくもない」

幕府方の密議の場所であり、中に同志が捕らえられているかもしれない、そう思えば世良でなくても飛び込みたくもなろう。

「不利な戦いはしてはなりません。前後の見境もなく入っていって、もし敵の数が多かったら世良さんも捕らわれてしまいます。勝算があるかどうか、調べ、判断し、その上で行動したほうがいいのではないですか」

亀の甲より年の功、という古い言い伝えがある。こういったところが、多勢子の年の功なのである。

「感情的になって斬り合いをし、やたらに血を流してはなりません。御稜威（みいつ）の回復の成るその日まで、生きて志を遂げねばならないのですよ。きょうは探索に留めたほうが無難だと思います」

多勢子はこの場合、何としても世良を引き留めねばならないと必死だった。

「私のことを喧（やかま）しいと思うでしょうが、若い命を無駄に散らさぬよう聞いてもらいたいのです」

こんなときにも、というよりもこんなときだからこそ、多勢子は笑顔を絶やさぬようにした。世良は刀の柄から手を離した。

世良は黙ったまま、さっき来た道をまた奥のほうへ歩き始めた。行く手の小倉山麓（おぐらさんろく）に、二尊院（にそんいん）という寺があった。門をくぐると、ここも楓の紅葉が真っ盛りである。松の緑を背景に際立って色が鮮明に見えた。

嵐山の景観には自然のままの良さがあったが、二尊院の庭は松の枝先にいたるまで手入れがゆき届いている。庭木は剪定されて形がよく整っていた。

「二尊院という寺の名前は、二体の仏が安置されているところからつけられたものらしいのです」

世良はしだいに落ち着きをとり戻して説明をしてくれた。境内には、土御門や後嵯峨や亀山などの諸天皇の祀られている御陵もあるのだという。多勢子は傍の石に腰を下ろして少し休んだ。

「世良さん、さっきのことですが。私はきょう、しっかりと道順を覚えて帰るつもりです。そのうちにまた嵯峨野へ来て、あの武士の消えた家のあたりを探ってみたいと思います」

「松尾さん、それは無理だ。女ひとりではそれこそ危険だ」

「そう言われると私のすることがなくなってしまいます。そのための隠密なのではありませんか。私は斬り合いはしません。搦め手からいきます」

「何と無謀なことを」

「さあ、これからは遊行ですよ。肩の荷を下ろしてゆっくりと行こうではありませんか」

顔色を変えた世良に、多勢子は悠然として言った。多勢子は注意深く周りに気を配った。嵯峨野が怪しいと聞いたからには、後日のために、幕府方の密会所らしい場所に目星をつけておく必要がある。二尊院から小倉寄りに入った道にも、山荘らしい家が立っている。空家のように見えるのに、そこからほんの少し煙が昇っている。中に人がいるらしい。湯でも沸かしているものか、多勢子は些細なことも見逃さなかった。

世良には遊行と言っておきながら、多勢子は目端を利かせて歩いた。この先は祇王寺に通じているというが、途中の野原にも訝しく思われる廃屋があったりする。いずれにしてもこの辺は一度慎重に探ってみなければならない所である。

道はさらに細くなって、両側に木立が迫ってきていた。奥嵯峨野に分け入り、紅葉もこのあたりまでくると散り始めている。女ひとりでは物寂しくて来られるような場所ではなかった。しかしこのもっと奥に祇王寺があると聞いて、昔そこに住んだ女人もこうして草むらを踏み分けて入ってきたのだろうかと想像した。小石の多い歩きにくい道がつづき、上り坂になると右手に祇王寺由来書の札が立っていた。階段を上がって寺の門をくぐった。楓の葉隠れに見えるのは、寺というよりも質素な草庵である。

庵の裏に孟宗竹が奥深く茂り、陽が差さないせいか、ここの楓だけはほんのわずか色づいているにすぎない。燃えるような朱の色はどこにも見えなかった。縁側の奥の薄暗い座敷には、清盛や祇王などの木像が飾ってあった。線香が焚かれている。

世良はまったく興味を示さず、狭い境内をひと回りすると、縁に腰をかけ御影に尻を向けて庭を眺めている。

多勢子は『平家物語』のなかでも、最も人の哀れ心を誘う祇王と仏御前の悲話に思いを馳せた。祇王寺は、白拍子仏御前の出現で清盛の愛を失った祇王が庵を結んだ寺である。母と二人世を遁れ、やがてはわが身の上にもと、清盛と別れた仏御前もここにやってくる。男の権力の前には屈せざるを得なかったのかもしれないが、こうした運命に流された女たちの生き方を、多勢子は諾うわけにはいかないのであった。人の手に幸せを握られる生涯ではなく、自分で生き方をきめる女にならなければならない。

「世良さん、ここに祀られている人たちは、皆世を遁れてここへ来たのです。それは自分の意思を持たない弱い生き方だと思いませんか」

「はあ」

世良はよく聞いていなかったようで、気のない曖昧な返事をした。それから両腕を伸ばすと、大きな欠伸（あくび）を一つした。

「そろそろ帰りますか。きょうはずいぶん頑張った。ああ、腹がへった」

「またですか。お昼にあんなに食べたのに」

「湯豆腐などいくら食ったところで腹の足しにはなりませんよ。この辺で何か食わしてくれる所はありませんかね」

　探してみたところで人里を離れ、茶店一軒あるわけはない。

「では帰ることにしましょうか」

　多勢子は世良と祇王寺の門を出た。少し歩いた日向（ひなた）に、まだ真紅の葉を残している楓の木が立っていた。多勢子はそれから枝を折った。

「お土産にもらっていきましょう」

　多勢子は斜（はす）に背負っている風呂敷包みの端に、それを差し込んだ。

「明日はひとりで洛内を歩いてみるつもりです。少しでも早く都を存分に歩けるようになるように」

　疲れたふうもなくしっかりした足どりで、多勢子は世良に従った。

「花咲きし人」

京へ上る前から、多勢子にはどうしても会ってみたいと思う人があった。女流勤王家といわれている大田垣蓮月(おおたがきれんげつ)である。蓮月は歌人としても高名であった。多勢子は蓮月の歌が、自分のような田舎者と違って、洗練された文学的香りの高いものであることも知っていた。人伝(ひとづて)に聞く蓮月の噂は、多勢子の心の中で大きく膨らみ、しだいに憧憬(しょうけい)にも似た感情に変わっていった。

蓮月は本名を誠(のぶ)といって、河原町丸太町の東、鴨川西畔の三本木の生まれである。ここは芸妓の置屋(おきや)が多く、蓮月にもその土地柄にふさわしい出生の秘密があった。伊勢の国津の城主である藤堂(とうどう)家、その分家に当たる藤堂金七郎(きんしちろう)が一芸妓に産ませた落胤(らくいん)であるといわれている。誠は生後十日余りで太田垣家へ養女に出された。

結婚しても男運が悪く、一度目は夫に放蕩(ほうとう)されて離別、二度目の夫には死なれ、この間にもうけた四人の子にはいずれも夭折されている。肉親縁が薄く、女の悲しみを味わいつくした薄倖の人、というのが多勢子の耳に入った蓮月の評判であった。

蓮月と並んで当世二大女流歌人といわれているひとりに、高畠式部がいる。蓮月はこの式部と同じ師匠の千種有功卿について和歌を学んでいる。蓮月の名は、早くから信濃の片田舎にまで聞こえていた。

多勢子は以前から式部とは歌の上で親交があり、蓮月についても式部の口から聞かされていた。尊王心篤い蓮月は、勤王の志士たちをたびたび匿ったという。幕府の追跡を受けてもたじろがなかったという話は、多勢子の胸に響くものがあった。京に住む式部に、蓮月と会見できるよう依頼し、多勢子はその日のくるのを待っていた。

「都合のいい日にお出かけください。世を遁れ、隠れ住んでいる身です。留守にする心配もありませんので」という返事を聞いたとき、多勢子は小躍りして喜んだ。

「蓮月尼さまは、えらく人嫌いで有名な方です。名声を聞いて、次々に人が訪ねてくるので嫌気がさし、幾度も引っ越しをなさっているのです。でも松尾さまのことは、お待ちしているとのいいご返事でした」

伊勢久の離れへやってきた式部は、そう言って帰っていった。

蓮月自身にも、自分の引っ越しの度数ははっきりしていないのだという。およそ三十数回、いつも人との交わりの煩わしさから逃れようと移転して歩く。どんなに長くても一カ所に七年以内、多いときには一年に十三回の引っ越しをし、「家越しの蓮月」の異名をとるようになった。多勢子は自分とは異質の生き方をする蓮月に、かえって興味を抱くようになった。

一日も早く行ってみたい。そう思ったが、多勢子は九月の末に転居することになっていた。伊勢久に甘えていつまでも居候をしているわけにはいかない。上洛して半月も経たないのに、世良や福羽が訪れ、その後も続々と志士たちがやってくる。そのたびに伊勢久の母屋から茶が運ばれてくるので、迷惑をかけることになる。近所の島田という家の貸家が空いていると聞き、多勢子はそこへ移ることにした。

引っ越しの後片づけも終わった十月の五日、多勢子は蓮月を尋ねて出かけることにした。

前日に伊勢久に行って、蓮月がいるという聖護院村までの道順を聞いてみたが、久兵衛はそこまでの概略を地図に書いてくれた。長い間憧れた人に会える、そう思うと多勢子の胸がときめいた。

熊野神社を目当てに行くと、その南一帯には梅林と聖護院大根の畠が広がっている。その間を縫うようにして、人家が点在している。丸太町通りが熊野通りに突き当たる近くに、高畠式部や円山派の画家中島華陽の住まいがある。さらに黒谷通りには歌人の税所敦子（さいしょあつこ）も住んでいる。

多勢子は久兵衛から地図をもらったとき、期せずして蓮月を含む当代の女流歌人三人が近隣に住み合わせているのを不思議に思った。そのなかでも多勢子と親しい式部は、千種有功卿の鍼医、盲人の高畠清音に嫁し自らも千種家に仕えている。税所敦子も侍女として千種家に奉公し、主家を通して式部とつながっていた。

聖護院村へ入ると、多勢子は植木職の植吉（うえきち）を尋ねて歩いた。蓮月は、その植吉の家の裏の草庵を借りて住んでいるという。熊野通りを突き当たり、黒谷通りに入るとすぐに植吉の家が見つかった。

植木畑の間の細い道を抜けると、奥に粗末な家が建っていた。土の塊や急須などの壊れたものがいっぱいに散らばり前庭は雑然としている。

「もしや松尾さまでは。お師匠さまが、近々松尾さまというお方がお見えになるのではと話しておりました」

庭で片づけ物をしていた若い男が立ち上がり、柴折戸（しばおりと）までやってきて出迎えた。

「はい、蓮月さまのお言葉に甘え、突然伺ったのです。失礼かと思いましたが」

「どうぞ、お入りください」

草庵の障子戸を開けたのを見ると、外見よりも中は広くて土間になっている。窯（かま）に入れる前の手づくねの土器が、やっと人ひとり通れるだけの場所をあけてあとは隙間もないほど並んでいた。

「お師匠さま、松尾さまがお見えになりました」

男は土間の間仕切りの障子に手をかけた。ふた間つづきの簡素な部屋で、その向こうに狭い庭が見えた。庭を眺め、淡い紫色の法衣（ほうえ）をまとった女が坐っていた。

「松尾さまが」

女は坐ったままでふり返った。

「蓮月尼さま」

互いに名を呼び合っただけである。それだけでお互いの心が通うのを感じた。多勢子がそう思ったのは女の勘であった。

蓮月尼は気品に溢れ、神々しいほどに輝いて見えた。

「ようお出でくださいましたなあ。お上がりやしておくれやす」

滑らかで優しい京言葉である。多勢子は座に通されて蓮月と向かい合った。歳は確か七十過ぎ、それがどう見ても五十歳ほどにしか見えない。抜けるように色の白い肌に法衣の紫がよく似合っている。多勢子は、式部を通して知った、野村望東尼（もとに）という女流勤王家の蓮月を評した言葉を思い出していた。

――はや齢七十五なる由ながら、いまだ五十ばかりかと見え侍る。いといと美しき尼ぞかし。

昔はいかに花咲きし人ならんと偲びやられ侍る。

望東尼が語っているような、まさにそのままの姿である。部屋には小さな厨子が安置され、香が焚きしめられている。対座した多勢子はひと言ふた言話す蓮月の口もとに目をやって驚いた。しかしこれについても、式部から聞いていたことを思い出した。蓮月が口を開くたびに声が洩れ、ときどき言葉がはっきりしなくなる。引け目を感じるのか、蓮月は口もとを手で覆い隠しながら話した。

夫運の悪い蓮月は暮らしに困窮した。和歌や手習いを教えて生計を立てようとしたが、美貌に惹かれ下心のある男どもが殺到して弟子入りをしようとする。ついに塾を続けることができなくなって、再び路頭に迷ったのである。行く先々で男につきまとわれる蓮月は、醜女になることで逃れようとした。釘抜きで片端から歯を抜いて自分の美貌を嘖んだ。口から血を流し、じっと痛みに耐える女の姿は凄絶そのもので、多勢子は想像するだけで胸の潰れる思いがした。

あまりにも美しくて男に好かれ、それが蓮月さまを不幸にしたのではなかろうか。美しい人はかえって男運に恵まれないことがある。多勢子はそんなことを考えた。

多勢子は土間にたくさん並べられている焼き物に心を惹かれた。

「ほんの手すさびと思うて始めましたんどす。それがいつの間にか生計(たつき)のようすがになりましたのえ」

どれも、蓮月が手ずから捏(つく)ねた物ばかりなのだという。急須(きびしょ)、徳利(とっくり)、花入れ、線香立てなどがあった。蓮月焼きともてはやされ、京だけではなく、諸国にまで広まっているという。これまでの京焼きになかった野趣に富み、工法も轆轤(ろくろ)を使わず、紐状にした土を巻き重ねて造る信楽(しがらき)式である。どうしても仕上がりはいびつになるのだが、かえってひと味違ったものとして人気が出ている。このごろでは贋作も出回って蓮月を悩ませていた。

「どの器にも和歌が彫られているようです。見せていただきたいと思います」

多勢子は土間に下りた。

器に釘の先で彫ってあるのは、いずれも蓮月の詠んだ和歌ばかりであった。いま京焼きといえば、粟田の陶法による粟田焼と、新興磁器である五条坂界隈の清水焼とが主流である。蓮月のは、いずれにも属さない独自の手法であった。

宿かさぬ　人のつらさを情にて　おぼろ月夜の　花の下臥し

手すさびに　はかなきものを　持ち出でて　うるまの市に　立つぞわびしき

多勢子は並べられた器から二首の和歌を読みとった。二首ともに女の心根の優しさや侘しさが表われている歌だと思った。

「松尾さまは、焼き物がお好きのようどすな。うちのは京岡崎の土使うとりますのえ。きめの細いええ土どすよってに釘の先で書いても崩れしまへん」

「お仕事のお邪魔をしたのではないでしょうか。何ならお続けになってください」

「きょうは朝のうちだけで休んでますのえ。品物がたんと溜まりましたよってに。それにこのごろは歳のせいか、根つめるとしんどおすのやわ」

「でき上がるまでには、いろいろと大変なことでしょう」

「土で形こさえて、窯入れはよそに頼んで焼いてもろてます」

仕上げは借り窯によってなされ、粟田の帯山与兵衛、五条坂の清水六兵衛、それに蓮月の弟子の黒田光良に持ち込み、釉をかけて焼いてもらっているのだという。特に黒田光良はすぐ近所に住んでいて、ほとんどはここの窯を借りている。

「こないなとこで何のお構いもでけしまへん。粗茶どすがお上がりやしておくれやす」

さっき出迎えた若い男が茶と菓子を持ってきた。蓮月は盆を受けとった。そのしぐさが、流れるように華やかに見えた。歳を超えた色香が匂い立っている。男はなぜか顔を伏せたままである。噴き出そうな感情を必死にこらえているような、そんなひたむきなものが感じられた。多勢子は土間から上がって茶を喫した。

「苦労なことばかりどした。行き着いた先が、こないな土いじりの仕事どした」

蓮月はゆっくりと茶碗を口もとに運んだ。

「富岡（とみおか）どのどす。若いのによう気いついて、うちを助けてくれてますのえ」

蓮月は男のほうに目をやった。

「挨拶が遅れました。富岡鉄斎（てっさい）と申します」

男は改めて多勢子の前に両手をついた。

「以前に住んでましたとこの隣が、法衣商を営んでる富岡はんのお宅どした。うちを気遣うて、ここに住み込んでくれてますのえ」

近くには弟子の黒田がいて、同じ家には子供よりももっと若い鉄斎がいる。山家のひとり暮らしと聞いていたが、これならば気強いことと思われる。鉄斎は絵の習練に打ち込み、蓮月の陶作に絵付けをしているというのである。蓮月がこの仕事に入ったのは、粟田口のある婆(ばば)から手ほどきを受けたのが発端になったという。今の蓮月にとって、鉄斎は失うことのできない伴侶のようにみえるのであった。鉄斎はふた間つづきの、奥もない草庵に蓮月とともに寝起きをしているようである。

「鉄斎どのは去年、長崎で西洋の事情などを学ばれましてなあ、土をいじらせるのも申しわけない思うとります。塾開いてお弟子をとったらええて勧めてるのどすけど」

「お師匠さま、私は一生このままでええのです」

鉄斎は顔を上げ、蓮月に迫るような熱い視線を注いだ。思いつめているその表情には、ただごとではない男の一途さが感じられる。多勢子はあわてて庭に目をそらした。

「おいしいお茶をありがとうございました。器がまた素晴らしいものばかりです」

茶碗も菓子皿もいずれも蓮月の作とわかる品である。

「何ごともでけしまへんのえ。それで松尾さまは尊王の志立てて上洛しなはったとか。式部さまからそないにうかごうてます」

「はい、蓮月さまには何をお隠しいたしましょう。王権回復のために砂粒ほどでもお役に立ちたいと思い、伊那から出て参ったのです。でも、蓮月さまや野村望東尼さまほどの働きができますものかどうか」

「うちは、勤王の志士方を匿っただけのことどす。幾度も引っ越ししたのは、幕府の詮議から逃れるためやて言うてるお人もいはるそうどすけど、そないなことはおへん」

控え目にみえる蓮月であるが、芯は節をまげないきつい人であると聞く。

「松尾さまは、京にはずっといはるおつもりどすか」

「とにかく上洛の目的がかなえられる日まではと思っています」

「潔い、しっかりしたお方どす。それでは信濃のお家のほうは心配はないのどっしゃろか」

「はい、長男夫婦が後を継いでおりますので。夫も喜んで出立を送ってくれました。自分の分まで働いてきてほしいと言って」

「ええお家どすなあ。お子もいはって」

蓮月は羨ましそうに溜息をついた。

「十人の子供を産みましたが、男の子三人に先立たれてしまいました。七人が残っています」

「それでも七人ものお子が。よろしおすなあ。うちはひとりも残らず死んでしもて。子に先に逝かれるほど悲しいことはおへん。けど今は、こうして鉄斎どのがいてくれはるよってに」

「お匿いなさった勤王の志士方もすべて蓮月さまのお子とお思いなさいませ。そうすれば寂しいこともなくなりましょうに」

「今はええのどす。寂しい思うこともものうなりましたえ。鉄斎どのがいますよってに」

蓮月の話の中には繰り返し鉄斎のことが語られる。鉄斎への異常な執着心が言葉の端々に表われるのであった。男を逃れ、蓮月の行き着いた先は、やはり鉄斎という若い男だったのだろうか。

「女の子よりも男のほうが頼りになるようです。娘はこまごまとした心遣いをみせてくれますが、いざとなるとやはり男です。長男が誠、次男が盈仲(みつなか)といって私の実家を継いでくれています」

蓮月と鉄斎については踏み込むべきことではない。多勢子は自分の子供について話をした。

「男のお子が二人も。よろしおすなあ」

「もうひとりその下に男の子がいます。ほかに女が四人。数が揃っているというだけなのですよ」

「ぎょうさんの子宝に恵まれて、ほんまに幸せなお人どす」

「多ければ多いで心配ごともふえるものですよ、蓮月さま。身一つもまた、係累なく王事に参加ができ、いいように思われるのですが」

やはり女同士、家族や子供のことなどで話が弾み、時が過ぎていった。蓮月は話題をかえた。

「松尾さま、京ではどないなお働きを」

「勤王の志士方と違って、私はそう人目につくこともありません。幕府方の秘密を探る隠密として働きたいと思っています」

「そないな危ないことを。野村望東尼さまは、文久元年に上洛されて、今年の五月に筑前に帰らはりました。その後のほうが、京もよけいに物騒になっとります。そないなお仕事、お命も危ないのやないか思います。松尾さまは気丈夫なお方どすなあ。気いつけておくれやす」

「ご心配、ありがたく思います。この皺の首惜しいとも思いませんが、生き延びて役目を全うしたいと願っています」

「うちなどは松尾さまの足もとにも及びまへんなあ」

「何をおっしゃいます、蓮月さま。蓮月さまとて勤王方をかばうのには命がけのこと、いずれにも優劣をつけることはできないと思います。この後もお体お大事に、いい陶器をお作りください」

「おおきに。たいしたものおへんのやけど、見ておくれやす」

蓮月自らが土間に下り立って、筵（むしろ）の上に並べられているものの中から二、三とり出して見せた。大急須（きびしょ）、小急須、鍋、鉢、香炉、花入れ、徳利、茶碗の類いがあるが、半分は窯元から運ばれた完成品であり、入口の近くにあるものはこれから窯入れされるものである。

「松尾さま、お好きなもん、お持ちやしておくれやす。何か気に入ったもん、おへんのやろか」

「どの一つも風雅なお作に思われて目が迷ってしまいます。それに京見物をしてすぐ帰るわけではありませんので、戴いては申しわけないと思います」

多勢子は遠慮がちに辞退した。蓮月焼の高価なことはすでに聞いて知っている。わずかの手土産で、金目のものをもらって帰るのでは気が引ける。

「そない言わんともろうておくれやす。うちも歳どす。またいつお目にかかれるかわかれしまへんのえ。尊王のために身捨てる覚悟の松尾さまへ、何もでけまへん。心苦しゅうおす。せめてものうちの気持ちどすよってに」

これ以上固辞すれば蓮月の好意を無にすることになると思い、多勢子はその気持ちを素直に受けることにした。

「お志、ありがたく戴くことにいたしましょう。では、何か小さなものでも」

「そうどすなあ、鍋や花瓶は重うて難儀やし、これなんかどうどす」

蓮月は足もとにあった小さな香炉をとり上げた。亀の甲羅が蓋になって開くしかけの香炉である。素朴で蓮月焼の特徴がよく出ている。

「実は、それがとても気に入っていたのですよ」

「松尾さまもお人が悪い。初めからそないに言うておくれやしたらええのどす」

「亀は足が遅くても最後までやり遂げるという寓話が残っています。また長寿のめでたい生き物です。それにあやかって、私の門出をお祝いしてもらったように思います。ありがたく戴きます」

「また来ておくれやす、松尾さま。王事のこと、同志のこと、もっともっとお話ししたい思いますよってに」

蓮月は名残り惜しそうに多勢子の手を握った。そして鉄斎を呼び、亀の香炉を布に包ませた。

「蓮月さまにお目もじかなった大事な品、一生大切にしたいと思います」

「たかがこの私の手づくねの物どすよってに」

「もう入相（いりあい）の鐘（かね）も聞こえるころでしょうか。そろそろ失礼させていただきます」

「うちも久しぶりに楽しゅうおした。お体に気いつけておくれやす」

「蓮月さまもくれぐれもご息災にて」

蓮月は柴折戸まで出て、多勢子が帰るのを見送った。法衣姿のほっそりとした蓮月の姿は、絵師の描く日本画のようにきまっていて、趣（おもむき）があった。

「高畠式部さまの所へも寄っていきたいのです。そう長くお邪魔はできないと思いますが。この近くと聞いていますので」

式部の京の家へは初訪問である。蓮月との会見をとりもってくれた式部に、多勢子はひと言礼を言いたいと思った。

「では高畠さままで、私がご案内することにいたしましょう」

鉄斎は多勢子の先に立って歩き出した。熊野通りから丸太町へ入ると、道の片側には梅林がつづいている。その向こうに夕茜（ゆうあかね）の空が見えた。雲が棚引き、日没の明かりを映して少しずつ色を増している。

「この辺は、梅のお花見ができるのですね」

「はい、花が咲く季節はそれは見事なものです。私は写生をして、お師匠さまの陶器にも描かせてもらっているのです」

「鉄斎さま、あなたはまだお若いのに。どうしてあなただけの、ひとりで生きる道を選ぶことをしないのですか」

「私は、一生このままでいいのです。お師匠さまに、このままお仕えしていこうと思います」

「ひとりでお歩きなさいませ、鉄斎さま」

多勢子が突っ込むと、鉄斎は顔色を失った。

「お師匠さまよりももっと美しい方がどうしてこの世にいましょうか。そのお姿においてもお心においても。私はこのままでいいのです。このままで」

鉄斎は肩に力を入れ、まるで多勢子に歯向かうようにして言った。

「来年の春はぜひとも観梅にお出かけくださいますよう。高畠さまのお家はこの梅林の尽きたところにありますので」

鉄斎は早口でそう言うと、式部の家の前まで行かずに逃れるようにしてその場を立ち去った。早足で行く鉄斎の後ろ姿が多勢子の目にはとても痛々しいものに見えた。

蓮月さまにとって、鉄斎さまは救いなのであろうか。夫に裏切られ、再縁した夫には死なれ、漂泊の末に辿り着いた安息の日々、若い鉄斎に身を委ねる蓮月を責めることができようか。しかし体が涸(か)れてもなお男に思いの残る女の業が、多勢子にはたまらなく悲しいものに思われた。

今は思いつめていても、いつの日にか鉄斎にも自身の生き方について考える日がやってくるのではなかろうか。もしかして鉄斎が立ち去ろうとする日、蓮月は心乱れず静かに送ることができようか。多勢子はそんなことを考え、鉄斎の姿が消えてもまだ道端に立っていた。

「松尾です。式部さまはいらっしゃいますか」

梅林が庭がわりになっている家の玄関で、多勢子は式部の名を呼んだ。高畠の表札があり、中からは琵琶（びわ）の音色が聴こえてくる。

「松尾さま、ようこそ」

音がやむと、式部が玄関に顔を出した。

「今、蓮月さまのところにお邪魔をしてきたのです。そのことを申し上げてご挨拶をし、すぐに帰らせてもらいたいと思います」

「そうおっしゃらずに、とにかく上がってください」

式部はどうしても上がるようにと勧めて、多勢子を楽器の置いてある座敷に通した。

「琵琶のいい音曲（おんぎょく）が聴こえました。式部さま、そのまま弾いてください」

「それよりも松尾さま、実は相談にのってもらいたいことがあるのですよ」

式部は妙に真剣な表情になった。

多才な式部は和歌を詠むだけではなくて、音曲の演奏にも勝れている。木彫の腕もよく、式部がいつも弾いている琵琶は自分の手でつくったものだという。孝明天皇の御前でも演奏し、そのとき天皇は式部の弾き語りだけではなく、楽器の出来栄えについても称讃（しょうさん）なさったと伝えられている。多勢子が一曲所望しても、式部には何かほかに大事なそして急ぐ話がある模様である。

「このところ尊攘派の動きが目立って激しくなりました。私の身にも危険が及ぶのではないかと忠告してくれた人がいるのです」

「千種卿にお仕えしているということが、式部さまのお立場を苦しくしているのですね」

「松尾さま、あなたは尊王方、私の仕える千種卿は幕府方に加担する四奸のひとりと言われています。千種家の雑掌（ざつしょう）賀川肇さまは、天誅のむごい仕打ちに遭って殺されました。私もまた尊攘派に狙われるのはしかたのないことなのでしょうか」

「式部さまは私よりもっとご高齢です。特別幕府方に味方するような働きもなさってはいないと思うのですが」

「それが蟄居（ちっきょ）中の千種卿が内々で密議のために、この家を使われたことがあるのです。

それが尊王方の耳に入ったのかもしれません」

式部はもう九十歳に近い年齢である。しかし駕籠にも乗らずに一日中歩いても疲れをみせぬほどの健脚である。歌道でも多勢子よりも先輩格で、長い間友好を保っている。その式部からの相談であれば、ないがしろにすることはできない。

「それに賀川さまも生前、千種卿のお使いでたびたびこの家に見えていますので」

公武合体をはかった四人の公卿に加えて両嬪、つまり二人の宮中の女官今城重子と堀河紀子はひとたびは譴責されたが、今は復職が考えられているという。この復職についての千種卿の密議が、式部の家でなされたということが尊攘派に告げ口された模様である。

「千種卿に宿を貸されたぐらいで、式部さまの命まで狙うということがありましょうか」

「松尾さま、そんな呑気なことを言ってはいられないのです。怪しいと思えば、味方の士にでも制裁を加えるのが当たり前とされている現状なのですよ。これまでの天誅をみてもおわかりのことでしょうし」

いつもは気丈夫で活発な式部も、きょうは意気消沈といった感じで、そのうえ落ち着きもなく不安そうである。

「千種卿から、早く京を逃れて一時身を隠すようにと、先ほど使いがあったばかりなのです。心を落ち着けようと琵琶を弾いていたところに、松尾さまがお見えくださったのです」

「私も尊攘の志士の間に入っていて、ときどきその行き過ぎには眉をひそめることがあるのです。道をはずさぬように、無謀な行為は控えるようにと説いてはいるのですが」

歌詠や古学に遊ぶことの多い式部には、こうした立場に追いつめられると対応できない脆弱さがあるようである。実生活で鍛え上げている多勢子との大きな違いであった。

「式部さまが、何とか無事洛外にお出になれますようお力になりたいと思います。考えさせてください」

「尊王方の信頼の厚い松尾さまにそう言っていただくと、百万の味方を得たように思います。なにとぞよろしくお願いしますよ」

式部は心を打ち明けるとほっとしたようである。傍に置いた琵琶に手をかけて膝に置いた。

「松尾さま、一曲弾かせてもらいますよ」

「もう日が暮れてしまいました。きょうは遅いのでほんのちょっとだけ。いつかの日にまた、通して聴かせてください」

式部は琵琶を抱いて絃に撥を当てた。音と音の間にまのあった静かな弾き出しが、やがて激しい調子になり、式部は憑かれたようにひと所を見ながら謡い掻き鳴らした。

「『平家物語』の一節ですね」

「女にとっては悲しい物語なのですよ、松尾さま」

「いつの世にも戦さに泣くのは女なのかもしれません。時代が下っても、やはり同じ国の者同士が殺し合いをしています。いつか日本の国が一つになるような和平の時は来ないものでしょうか。私はそのために働きたいと思います」

同じ女として、式部さまを何とか守って差し上げねばならない、そんな思いを込めながら多勢子は話した。

「松尾さま、お急ぎのところお引き留めして悪いことをしました」

「いいえ、ご心配なく」

式部の顔に初めて笑いが浮かんだ。外に出ると、ほんの少し欠けた月が中天に懸かっている。式部と別れるとき、多勢子の脳裡にふと蓮月の詠んだ和歌が一首浮かんだ。

仇（あだ）味方　勝つも負けるも　哀れなり　おなじ御国（おくに）の　人とおもへば

「ではご機嫌よう式部さま」

「松尾さま、気をつけてお帰りください」

多勢子は家路に向かいながら、私の和歌は決して蓮月さまや式部さまのように風雅な歌ではない、あるのはただ真心だけなのだ、と思いながら歩いた。

消えない齟齬（そご）

昼前に式部からの使いがあり、柚餅子（ゆべし）が届いた。米の粉、味噌、くるみなどに柚（ゆず）の実の汁を加えてこね、蒸してつくった菓子である。式部はこれが、多勢子の好物であることを知っていたようである。竹の皮に二十個ほども包んであり、ひとりでは食べきれないので先に伊勢久にお裾分（すそわ）けをしようと思い、立ちかけたところに、来客があった。

「長州藩士、平田門下の長尾郁三郎（ながおいくさぶろう）と申す。伊勢久からこちらへ引っ越したと聞いて伺った。前から一度お目にかかりたいと思っていたのです」

一見町人ふうのつくりであるが、長州藩士と名乗るからには町人であるはずはない。

「あ、あなたはいつぞや」

多勢子は長尾を見るなり、大きな声を上げそうになった。

「これは奇遇だ。拙者も三条大橋の上で出会ったのを覚えておる」

「あなたは私のことを、去りがてにおふくろと呼んでくれましたね。それがずっと心に残っていました。さあ、どうぞお上がりください」

　三条大橋の上で、背中に綿埃をつけて立っていた、幕軍が来るのを見て素早く姿を消していった志士であった。

「いい具合に戴き物がありましたよ。お口に合うかどうかわかりませんが上がってみてください」

　多勢子は柚餅子を皿に盛り、茶を添えて長尾に勧めた。

「ありがたい。朝飯も食っていなかった。世良のところに泊まって、朝まで論議をしていたのだ。松尾さんのことを聞いて、ぜひ会いたいと思いやってきたが、すでに大橋の上でお目にかかっていました」

　長尾は柚餅子をつまむと、丸ごと口に放り込んだ。二度目には二つ一緒につまんで、あっという間に平らげてしまった。見事な食いっぷりである。二十代半ばぐらいといったところであろうか。面目は色が白く瀟洒（しょうしゃ）な感じで、女のように線の細い顔である。長尾はほんのちょっとの間に八個の柚餅子を腹へ入れてしまった。まだ食べられるような感じで、茶を飲みながら皿の上を横目で見ている。お裾分けどころの騒ぎではなくなった。

「長尾さん、あなたは長州から上洛なさったのですか」

「いや、拙者は京の生まれで、ほとんど京にいることが多い。実家は、三条西洞院(にしのとういん)塩屋町で商いをしています。代々綿屋小平(わたやこへい)を名乗る商家なのだが父は隠居し、今は兄が店をやっている。本来なら拙者も商人(あきんど)になるところだったが、飽き足らずに剣の道に入りました」

綿屋と聞いて、初めて多勢子は長尾の背についていた綿埃の意味が理解できた。

「とにかく松尾さん、幕府の態度は話にならない。いつまでたっても優柔不断、煮え切らず、攘夷(じょうい)決行などできそうにもない」

食うだけ食うと元気が出たのか、長尾は大声で怒りをぶちまけた。外見からは想像できないような過激な話し方である。

「しっ、声が大きいですよ。狭い家ですからね、外まで筒抜けになります。もう少し低い声で」

「これは失礼。どうも天下国家のことになると夢中で、いつも前後の見境がなくなる」

今度は極端に声を低くして、長尾は多勢子に従順なところをみせた。

「長尾さんて面白い方。まるで子供のように一本気なところがあるのですね。長尾さん、攘夷、攘夷と主張してますが、勅許を俟(ま)たずに幕府は条約を結んでしまったのでしょう。そうすぐに条約を破棄して攘夷決行ができるものかどうか、私には無理のように思われてならないのですが」

「同じ平田門下と聞いてきたのに、松尾さんはまるで佐幕派のようなことを言う」

長尾は額に皺を寄せ、少し表情を険しくした。

「長尾さん、誤解をしないでください。私は尊王の働きのために上京したのです。天下国家を憂(うれ)うるあまり、若い人が行きすぎることのないようにと心配しているのですよ」

もし幕府が一方的に通商条約を破棄すれば、亜米利加(アメリカ)や英吉利(イギリス)と戦争が起こるかもしれない。大砲など大量の文明の利器を有しているという異国に勝つことはまずむずかしいのではあるまいか。そうした風評を、多勢子は聞いていた。

「内情を考慮に入れずに、論議だけを先走りさせるのは危険に思いますよ。激情に走り、実体を見抜く目を失うとまずいことになりましょう」

多勢子は初対面で、長尾の癇性(かんしょう)な性格を見抜き、危険なものを感じた。それは多勢子の真摯(しんし)な助言なのであって、他意はなかった。

幕府側の結んだ通商条約は、日本側にとっては大きな損失となるものであった。まず第一に国内の物価が異常に騰貴した。外国人が生糸や茶をこぞって買いつけるので、国内への需要が品薄になって、異常に値が釣り上げられた。特に京の西陣、足利、桐生の織物などが大きな打撃を蒙った。条約破棄を求める陰には、こうした経済上の理由もひそんでいた。

「松尾さんの考えについては、納得のいかぬことが多すぎる」

話が進むにつれて、長尾の態度ははっきりと硬直していった。一徹に思い込む性格が偏狭さとなって、自分の意見以外は認めようとしない。多勢子をおふくろと呼んだ親しさは影をひそめ、微妙な食い違いがやがて大きな齟齬となっていった。

「そうきめつけるものではありません。一方的にきめてかかられたのでは、私もこれ以上話す気にはなれません」

機嫌をとってなだめるのも嫌なので、多勢子は長尾を突っぱねた。

「とにかく他の同志とも話し合う必要がありそうだ。平田門下に、あなたのように違った意見を持つ人がいるのは存外だ。江州八幡から上京した、同じく平田一門の西川吉輔もぜひ会いたいと望んでいるのだが」

「西川さんのことは福羽さんから聞いています。国書の蔵書家で、ずいぶん早くから王政復古の考えを持っていたそうではありませんか」

「西川の都合を聞いて、また連絡することにしよう」
長尾はぷいと立ち上がった。多勢子は柚餅子の残りを包んで持たせようとしたが、その手を邪慳(じゃけん)に払いのけ、にこりともせずに出ていった。はっきりと多勢子への敵意を表わす態度であった。三条大橋での出会いがよかっただけに、多勢子は裏切られたような気持ちになり腹が立った。釈然としないまま、多勢子は長尾の帰った後長いこと坐り込んで考えていた。

十月の終わりに近い日、長尾は再び多勢子の所へやってきた。前のことが気になっていただけに、長尾の再訪は多勢子にとっては嬉しく思われた。

「西川がきょう、松尾さんにぜひ会見したいという。こちらへ伺ってもいいし、御幸(みゆき)町の西川のいる宿にお越し願っても、いずれでもいいと言っている。突然のことなのだが」

長尾の様子にはこだわりがないようにみえた。朝から風が立っていて、底冷えがひどい日だったが多勢子は出かけようと思った。

「きょうはちょうど用事もなくてあいています。私の家は散らかっていますので、お宿へ伺うことにしましょう」

多勢子は御幸町にあるという西川の宿泊先への道順を尋ね、長尾を先に帰して着替えてから駕籠屋を呼んだ。連日出歩いていたので疲れが溜まり、風邪気味で体の具合が悪かった。きょう一日は外に出かけずに休みたいと思っていたが、せっかくの西川の申し出を断わるのは長尾にも悪いような気がした。何よりも長尾が機嫌を直した様子なのが嬉しかった。多勢子は無理をして出かけていった。

西川が泊まっているという宿は貧弱で、戸障子も建てつけが悪く紙もすっかり古びて赤茶けている。多勢子は廊下を曲がった奥の一室に通された。

「見えましたよ、西川さん、松尾さんです」

長尾もすでに着いていて多勢子を迎えて西川に紹介した。床の間の柱に背を凭れて坐っている目玉のぎょろりとした男が、

「西川吉輔」

とぶっきら棒に答えた。長尾と西川のほかにあと二人、志士らしい男が坐っている。

「拙者は岡山藩番頭土肥典膳の家臣、野呂久左衛門と申す」

「同じく岡元太郎」

二人がそれぞれに名乗りを上げた。

野呂と岡元の主土肥典膳は、大坂で岡山藩陣屋の軍事掛をつとめているが、勤王への志が篤い人だという。多勢子が来るまで何か激論をたたかわせていたようで、部屋

の雰囲気が熱気を孕んでいる。

「伊那から参った松尾多勢子でございます。年がいもなく、老いて尊王の道に志しました。不馴れな者ゆえ、なにとぞよろしく」

「ほう、遠路はるばる信濃からの上洛、大儀でござった」

西川はそう言ったきりで初対面の多勢子には構わずに、さっきからの話題をつづけた。

「ところで、攘夷決行を幕府に促す勅使が朝廷から遣わされたというのだが、はたして幕府はそれを受け入れるかどうか」

西川は言外に、幕府の攘夷決行は延期されるであろうことを匂わせている。

「幕府は初めに過ちをおかしている。駐日総領事ハリスの条約締結強要に、老中首座の堀田正睦が通商条約案を作成し諸大名に諮問した。開国通商の大事には勅許を得べきであるというおおかたの意見に対し、堀田は得ることができずに失敗、ついに大老井伊直弼に罷免され、井伊は将軍家茂を立てて勅許を待たずに日米修好通商条約に調印してしまったのだ」

岡元はいかにも悔しそうに喋りまくった。

「それがために反対者の非難が沸騰し、安政の大獄へとつながっていった。しかし岡元、そうした過ぎたことをくどくど言ってみたところでしかたがないのだ」

多勢子は口を挟まずに、西川と岡元のやりとりを聞いていた。簡単に中に入って喋れるような話ではないと思った。

多勢子が上洛した文久二年九月は、薩摩と長州と土佐とが、三藩主の連名で幕府へ勅使を遣わすようにと請願した月である。朝廷はこれを決議し三条実美、姉小路公知などの勅使が立てられることになった。

攘夷督促の勅使を迎えた幕府は、幕議を開いたが議論が紛糾してどうしても結論を得ることができない。政事総裁職の松平慶永はもともと開国主義者であったが、切羽詰まって苦肉の策を打ち出した。勅命を奉じて、いったんは破約して攘夷をする、それから国内の情勢を見た上で開国する、という内容のものである。将軍後見職の一橋慶喜は、破約は戦争になるとして反対し、自ら上京して朝議変更を申し出ると意気込んだ。とにかく勅使を受けた幕府側の態度が一本化してこない。これが尊攘派を苛立たせることになったのである。

「勅使が出されたといっても、決行の時期はまったく曖昧なのだ」

岡元は顔をしかめ、西川のほうににじり寄った。

「和宮入輿のとき、岩倉具視の策によって、幕府は『破約攘夷』を誓約したはずだ。

しかし真面目に決行しようなどという腹はなかったのだろう。とすれば、今度の破約攘夷の勅使にもまた、七年先の十年先のと言って、ずるずる延ばしにすることも考えられる」

岡元の言を受け、西川は吐き捨てるように言った。

「ならば討幕、討幕だ。残された道は一つしかない。攘夷を渋っている幕府などもう必要はない」

これまで発言しなかった野呂久左衛門が、いきなり喚き立て、皆をびっくりさせた。

「そう一足飛びに討幕といったところで」

西川は逆に冷静さをとり戻し、野呂をなだめようとした。

「朝議といえどもすぐには討幕の結論は出ぬであろう。それに公武合体派の公卿も、討幕にはおいそれと賛成はすまい。妨害の手段を講ずるかもしれぬ」

西川は両腕を組み、分別くさい顔でつづけた。

「ならば、その邪魔をしそうな公武合体派から始末をつけようではないか」

初めて長尾が議論に加わった。

「拙者も長尾さんの考えに賛成だ。公武合体の大物といえばまず岩倉具視だが、あの大狸めを天誅の刃にかけねばならぬ」

野呂はさっきと同じように激しい口調で言った。多勢子は西川のほうで会いたいというので出かけてきたのだが、それがまったく置き去りの形になっている。しかし岩倉具視と聞いて、じっとしてはいられなくなった。

「岩倉卿はすでに勅勘を蒙り、隠遁なさっていると聞いています。朝廷から処分を受けている身であれば、天誅にかけるなどとは過ぎた行為になるのではありませんか」

聞いていると、どうも野呂や長尾の考えは感情に走りすぎ、多勢子には危険なものが感じられる。多勢子はつづけた。

「岩倉卿については、伊那で有為な人物との評も耳にしています。かつては孝明帝にお仕えし、時のなりゆき上、朝譴を受けた身、ここは一つ、慎重に考えねばならないと思うのですが、どういうものでしょうか」

志士たちにとって多勢子の発言は、岩倉を弁護すると誤解されてもしかたのないものであった。

「岩倉卿が弾劾されて、洛中に居住するのを禁じられたのは、幕府所司代酒井若狭守と親しく往来したこと、水戸密勅事件に反対したこと、和宮様ご降嫁に尽力したことなどが挙げられているようです。これだけで佐幕派ときめつけるのは尚早と思いますが」

「前に世良にもそういうことを話したそうだが、公武合体といっても、岩倉は幕府を存続させる方向に動いたのだ。ただちに天誅に処すべきだ。奴は落飾して、洛北に隠れ住んでいると聞く。早速探索の網を張り、一刀のもとに斬る」

これまで多勢子に抱いてきた反感が、再び長尾の胸中で火を噴いた。長尾が自分に歩み寄ってくれたと思っていたのは、多勢子の早計だったようである。

「また長尾さんのきめつけが始まりました。私は卿に直接当たって、真偽を確かめたいと考えています。卿を亡き者にするのは、わが国の損失とも聞いているのです。私に卿のことを探らせてください。上洛して初めての大きな仕事になると思います」

「松尾さんはやはり怪しい。初めから敵とわかっている岩倉をかばうのはどう考えても納得がいかない。こんななまぬるいことを言っていては、攘夷の決行はさらに遅れることになるだけだ」

長尾は頬を痙攣（けいれん）させながら、語気も荒々しく多勢子に食ってかかった。

「ま、待て長尾。松尾さんは赤誠（せきせい）の女流勤王家と聞いている。そのことにまず間違いはあるまい。いまさら疑うこともないと思うのだが」

西川は、長尾とは逆の受けとめ方をしたようである。堂々と所信を述べる多勢子に感服している様子が見えた。しかし長尾は眥（まなじり）を上げたまま、険悪な形相で対している。

「西川さん、どうでしょうか。岩倉卿のことをこの私に預けてくれませんか。長尾さんもそう腹を立てずに、少し時をもらいたいと思います。何とか調べてみましょう。それまで卿の命もお預けにしてもらいますよ」

「松尾さん、あなたの命が危うくなるかもしれませんよ。岩倉だって警戒してそうやすやすと人を近づけるようなことはしますまい。逆にあなたが殺されることになるかもしれない」

西川は多勢子の豪胆さに舌を巻きながらも、やはり行動を起こすことについては反対した。

「西川さん、覚悟はできています。この首を掻き斬られたところで、何の無念がありましょうぞ。自分の信じた道なのですから」

多勢子はにっこりと笑った。人を引きつけずにはおかないような邪念のない笑いである。こんなとき、多勢子の顔にはほんの少し羞じらいの表情が浮かび、かわいらしい老婆になる。

「長尾、松尾さんもこれほどまでに言っているのだ。松尾さんに、少し探ってもらってはどうだろう」

長尾はまだ憮然(ぶぜん)として強情を張っているように見えた。そのとき宿に次の来訪者があった。

「西川、上洛したと聞いて、即刻会いたいと思ってやってきたのだ」

ずかずかと上がってきたのは二人連れの志士である。

「やあ、品川か、ずいぶんと会っていない。久しぶりだ」

西川はいかにも嬉しそうに品川という男を迎え入れた。

「長州の品川弥二郎です。品川、こちらにいるのは伊那から尊王の志を抱いて上洛した松尾さんだ」

「おお、この婆さんが、おたせさんか」

西川が紹介すると、品川はいきなりおたせさんと呼んだ。目の優しい志士だが、どこか体に締まりのないところがある。

「面白い。たせこ、ってどんな字を書くのですか」

まるで人の心に土足で上がり込んでくるような、ずけずけとした口のきき方である。

品川のこの気遣いのなさが、長尾との緊迫した空気を救うことになった。

「多いという字と、勢いという字と、あとは子供の子を書いて多勢子」

「強い名前だ。女流勤王家にはふさわしい名前だ。気に入りましたよ、お多勢さん」

「はいっ、弥二さん」

「弥二さんか、これはいい。自分のことだが、これも気に入った、はっは」

笑いに紛れて座は和やかな雰囲気になった。品川という男の大らかさからくるものらしい。品川はもうひとりの志士を多勢子に紹介した。

「同じく長州藩、吉田松陰（よしだしょういん）先生門下の久坂玄瑞（くさかげんずい）です」

見たところ品川とまったく違った印象で、真面目こちこちの融通がきかなそうな志士である。

「まあ、あなたが久坂さん」

久坂は長州藩のなかでも、高杉晋作（たかすぎしんさく）等とともに人々によく知られている。もちろん多勢子も早くから久坂の名は耳にしている。師の松陰から久坂は、縦横無礙（むげ）、度量はやや窄（せま）いが潔浄（けつじょう）の操高くて美才あり、頑質さがないと評せられたということである。

見たところ、品川も久坂も二十歳（はたち）を少し出たばかりであろうか。久坂のほうが落ち着いていて品川よりも少し年長に見える。久坂は松下村塾（しょうかそんじゅく）のなかでも高杉晋作と並ぶ逸材といわれ、逸脱した行動をしがちな高杉に、松陰はいつも久坂を見習えと諭（さと）すことが多かったという。松陰の信頼が厚く、十八歳で師の妹文（ふみ）と婚姻を結んでいる。今も安政の大獄で処刑された松陰の教えをよく守り、それだけに幕府への義憤は人一倍強いのであった。

「久坂は江戸へ行っていたのだが、その目的を果たすことができずに江戸を払って上洛した」

　久坂は寡黙なので、それを品川が補った。品川は身ぶり手ぶりを交えてよく喋る。ときには耳や鼻の穴をほじくったりする。長めの平凡な顔立ちなのだが、妙にとぼけたような味わいがある。着物もたいてい衿もとが合わさっていず、それをいっこうに気にしているふうも見えない。しかし多勢子はこうしたつくらない品川に好感を抱いた。久坂が重い口を開いた。

「攘夷、攘夷と叫んでいるだけでは空論に終わろう。江戸に出、横浜の夷狄の館に焼き打ちをかけようとしたのだが、失敗に終わった」

　久坂は眉が濃く秀でていて、目鼻立ちのはっきりとした顔である。しかし顔の印象と違って、ときどき寂しそうな表情がちらつくことがある。いわゆる影が薄いといった感じである。

「松尾さんは、岩倉具視について幕府方なのかそれとも味方なのか、探ってみたいと言っているのだが」

　西川はさっきの話題をぶり返して、後から来た二人に話した。

「俺は反対している。岩倉について改めて調べることなどないはずだ。この人の言うことは一つ一つ味方なのかどうか疑わしくなることばかりなのだ。敵方の密偵ではないかと思いたくなるほどだ」

長尾はものわかりのいい品川なら自分の考えをわかってくれると思ったらしく、多勢子への反論を繰り返した。

「何を言うのだ、長尾。お前は何ごとについてもこだわりがあり、執着心の強いところが欠点なのではないのか。会った瞬間に、目を見ただけでも松尾さんが敵の回し者ではないことぐらいわかるではないか。せっかくの志だ。危険の伴う仕事だがやってもらうのがよかろう」

品川は長尾の期待に反して別の結論を出した。品川に抑えられると、長尾はもうそれ以上は言わなくなった。品川にはどこか抜けていながら、人を操って屈服させてしまう力量が備わっているようである。それは品川の持つ人徳からきているものなのかもしれないが、多勢子はこれまでに出会った志士たちのなかでも品川とは特に気が合うように思った。

「弥二さん、ではこの辺で失礼を」

折を見て多勢子は立ち上がった。西川が玄関まで送ってきた。

「西川さん、きょうはいろいろの方にお目にかかれていい日になりました」

「松尾さん、長尾のこと許してやってください。熱心なあまり、凝り固まってしまうのが悪い癖なのです」

「あの人は、私のことを三条大橋でおふくろと呼んでくれました。私は忘れません。いつかまた、きっとそう言ってもらえる日がくると思って楽しみにしています」

多勢子はさらりと言ってのけ、こだわりをみせなかった。本当はひどく気がかりだったが、心配する西川には悟られないようにしたのである。

出会い

岩倉具視は以前、孝明天皇に重く用いられていた。それが今は勅勘を受けた身となっている。そしてまた尊攘派の志士の天誅の刃にかけられようともしていた。多勢子は岩倉の上に、変動する天下の趨勢を見る思いであった。

洛外追放になった岩倉は、次々に隠遁の場所を変えていった。終始尊攘派につけ狙われ、同じ箇所に定住するのは危険である。

攘夷決行を条件に、皇妹和宮は徳川家に降嫁した。しかし幕府は決行の時期をずるずると延ばし、和宮は合体派の犠牲になっただけだという意見も出てきていた。当然これを推進した岩倉に、尊攘志士の怨みが集中した。また両嬪に数えられたうちのひとり堀河紀子は岩倉の実妹である。姓が違うのは、中納言堀河康親の次男として生まれた具視が後に岩倉家に養子に入ったためである。紀子は孝明天皇の内侍として宮中に入り、寵愛を受けて皇女の寿万宮を生んでいた。実妹の閨房での権力を利用して策謀を図ろうとしたとされ、四奸の中では地位の高い久我（こが）内大臣よりも岩倉のほうが憎まれている。

岩倉はまだ四十前で、このまま世を遁れ、埋もれてしまうのには惜しい歳である。譴責（けんせき）されるとひとまず丸太町通りの邸宅から西賀茂（にしかも）の霊源寺（れいげんじ）へ逃れた。それは多勢子が着京した前々日の九月十三日のことである。

多勢子は世良がやってきたときに、岩倉について尋ねてみた。

「岩倉卿は西賀茂の寺にいると聞いていますが本当なのですか」

「いや、その後西賀茂から岩倉村へ移ったそうです。噂なので、その真偽ははっきりしないが」

「すでに世を捨てて、政（まつりごと）から遠ざかっている卿を、なぜこんなに執拗（しつよう）に討とうとするのでしょうか。私にはよくわかりません」

「それは岩倉の怖さを知っているからでしょう」

「どうしてそう恐れねばならないのですか」

「天皇の側近として中将の位につき、皇室を操ろうとした人です。剃髪（ていはつ）して隠退したのは見せかけで、世を欺（あざむ）こうとする手段ではなかったかと思われるふしもある。はたしてこのままおとなしく引っ込むのかどうか疑わしいのです」

大筋では、時機を見て再び裏から政を動かそうとするのではないかという見方であるという。

「では岩倉卿は、それだけ大きな力を持っているという考え方もできるのですね」

多勢子は、岩倉がよく大狸とか大鯨（おおくじら）といわれているわけがわかりかけたように思った。

「卿ははっきりと佐幕派ときめつけられてしまっています。私は探るというよりも、大物といわれる岩倉卿に関心があるのかもしれません。何とかして会見できるように願っていきます」

多勢子は前にも世良に同じことを言っている。世良のほうではまともにとり合う気もなくて、いい加減なあしらい方をした。どだい、誰が考えても無理なことなのである。多勢子は意地になっていた。

「松尾さま、いはりますか」

世良が帰った後で、伊勢久が姿を見せた。いつも忙しそうにせかせかしているのに、きょうは珍しくゆったりとしている。

「松尾さま、商いのことで美濃へ行ってたのどす。土産を届けに上がりましたのや」

「何でしょうか。中を拝見してもいいですか」

「へえ、ご遠慮のう見ておくれやす」

平たい包みを開けてみると、中から出てきたのは上質の和紙や短冊の類いの紙である。美濃といえば紙所、伊勢久の土産は歌を詠む多勢子にはありがたい品であった。

「これは役に立ちます。お礼を申します」

「気に入ってもろて嬉しゅうおす。きょうは久しぶりにゆっくりでけますわ。すぐ近くやのに、商いが忙しゅうてなかなか思うようにならしまへん。ご無沙汰(ぶさた)ばかりしてます」

多勢子はいつものようには慌ただしさの感じられない伊勢久に、岩倉卿のことを訊いてみようと思った。

「伊勢久さん、少しお尋ねしたいことがあるのです。岩倉具視卿は、今どこに住んでいるのか教えてもらいたいのですが」

「これはまた、何で卿のことなど」

突然岩倉の行方を訊いた多勢子に、伊勢久はびっくりした様子である。しかし伊勢久は世良などよりもずっと確かな返事をかえしてよこした。

「岩倉卿はまず霊源寺に逃れはった。けど、長(なご)ういずに、丹波(たんば)の常照寺(じょうしょうじ)に行き、そこから西芳寺(さいほうじ)へ入って、また霊源寺に戻らはったそうどす。天誅に遭わんように転々と居所変えましてな。ところが霊源寺のある西賀茂近くには、四奸ていわれたほかの三人が隠退しとりますのや。これではまたお互いに連絡とり合うて企みするて思われることにもなりかねん。そう思て、卿は今は洛北の岩倉村にな」

「やはりそうでしたか。でも岩倉村といわれても何を目当てにしていいものやら」

「実相院の近くらしいていうことは聞いとりますが。わても勤王の隠れ志士といわれとる身どす。けど、どないしても若い志士方のように岩倉卿を殺せていう気にはなれへんのどす。ここだけの話にしといておくれやす」

たとえ噂にしても、実相院と聞けばいくらか手がかりにはなろう。伊勢久はさすがに商いをしいてるだけあって、いろいろなことをよく聞き込んでいる。

「少し前には、昔、卿の乳母をした者の夫、九兵衛の家で匿ってもろてたとか。花園村の百姓やそうどすが、そこから岩倉村のほうへ」

「そこまでわかればもう十分です。きょうは思いがけない収穫がありました。伊勢久さんのおかげです」

「それで松尾さま、岩倉卿のことなど聞かれてどないしはるおつもりどす」

「岩倉村へ行ってみます。行って卿にお目にかかります。伊勢久さんは大事なことを教えてくれました。ですから、私も嘘をつかないことにします」

「卿に会う。松尾さま、お気は確かどっしゃろか」

「はい、どうしても。早くしないと、卿は天誅に遭い命が失くなるかもしれません」

「どないとめても、きめたことはやり抜くお人や。説教したかて無駄どっしゃろ。そのときはわてもお供させてもらいます。こない見えても、伊勢久は勤王の志士の端くれどすよってに。決しておひとりでは行かれますな」

「はあ、そんなに心配してくださらなくても」

多勢子は曖昧な返事をしてこの場をごまかした。しかし隠密はお供を連れて敵地に乗り込むわけにはいかないのである。心の底では、ひとりで行こうときめていた。

多勢子は次の日すぐ実行にかかった。岩倉村までの道のりは約二里である。世良と二人、嵯峨野の奥深く分け入って終日歩いたのもいい経験になっている。それに比べれば楽な道程であった。伊勢久には言わず、多勢子はひとり麩屋町の家を出発した。

入洛してからひと月余りが経っている。紅葉の季節も過ぎ、道端には枯尾花が風に吹かれてかさこそと鳴っている。右手に比叡山が見えた。多勢子はふと、ふるさとの山を想った。伊那は、赤石と木曾の両山脈に挟まれた盆地である。松尾家のある伴野から山本村の実家へ行くときも、北の諏訪へ行くときにも、道の両側には山が望まれる。信濃の山は険しく、峨々として聳えている。しかし京の山は穏やかで、なだらかな稜線（りょうせん）を描いていた。

　実相院への道順は頭に入れてきたつもりだったが、それでも途中二度ほど道を尋ねた。家を出るときにはわずかだった雲が、しだいに空いっぱいに広がって、雨になりそうである。山本村から上洛に出立した日も雨に降られている。多勢子は自分が何か大事をしようとするときに限って、雨に見舞われることが多いのに気がついた。案の定、実相院に着く前に小粒の雨がぱらついてきた。

　実相院前の細道は薄暗く、人通りもなくて木立だけが不気味にざわめいている。この寺には、朝廷の忠臣藤原藤房（ふじわらのふじふさ）の遺髪の埋葬された石塔が祀られているという。朝廷側の忠臣藤原卿にあやかって、岩倉卿と会えるよう首尾を祈念していきたいと思い、多勢子は実相院の門をくぐった。

　墓詣（はかもう）でを終えたとき、急に雨脚が速くなった。多勢子は寺の軒下を借りて雨宿りをすることにした。

「中にお入りくださいまし。そこではお召し物が濡れてしまいます」

　本堂の中から女の涼しい声が語りかけた。鈴を振ったようによく響く声である。多勢子は声のするほうに目を向けたが、中は逆光のためによく見えない。

「さあ、どうぞ」

戸惑っているとまたいい声が、多勢子に上がるようにと誘った。多勢子は草鞋を脱いだ。

「どちらからお参りに」

中の女は貧しい身なりをしていた。着物は布地のいいものらしいが、かなり着古していて色が褪せている。しかし着ているものにそぐわない品格がその身についている。そばで見ると、目もとがきりりと締まり、芯のありそうないい顔をした女である。

「私は信濃の国から京へ参った者でございます」

「それは遠いお国から。きょうはここへおひとりで」

女は一つ二つ物を尋ねた。話すたびに皓歯の間から玉のような音色の言葉がこぼれてくる。もしこの人に、綺羅でもまとわせたらどんなにか美しいことであろう。多勢子は、女を目の前にしてそう思った。

「大事なことがあって、岩倉村へ来たのです。私の願いがかないますよう、今、藤原卿にお参りしてきたところです」

どんな用事で、というふうに女は目を見張った。多勢子はたいてい人を選ばずに分け隔てなく入っていける。こうした性格は得をすることが多い。見知らぬ人でも違和感を持たずに話をすることができるのである。

「さて、この草深い所に、どんなご用事がありまして。お知り合いでもいるのでしょうか」

伊勢久が教えてくれた目安は、実相院の近く、というところまでである。ほかに手がかりはない。その先は誰かに訊かねばならないのである。多勢子は勇気を奮って賭けをした。

「実は、岩倉具視卿のお住まいを探しています」

女の正体が不明であるからには、自分の用向きを吐露することは本当は危険なのであった。卿は勤王方に命を狙われていて、そこに訪ねてくる人間も当然目をつけられることになろう。実相院の住職に尋ねようと思ったことを、女同士の気安さで、多勢子はこの人に訊いてみた。なぜか安心して訊くことができた。

「まあ、岩倉卿の家を」

女は驚き、それから警戒の色を示し、じっと多勢子の顔を見た。少ししてからゆっくりと立ち上がって言った。

「ご案内しましょう。卿の所へ」

「え」

「卿は、ここからほんの目と鼻の先に住んでいます。待っていてください。庫裡へ行って蓑（みの）を借りてきますから」

この人はいったい誰なのだろうか。世を忍んでいる卿を訪ねてやってきた見知らぬ自分を、簡単に連れていこうとしている。石塔に向かって祈ったものの、そうたやすく願いがかなうと思ってはいなかったので、多勢子は狐につままれたような気分になった。女は別に多勢子に素性をきいたわけではない。しかし多勢子は素直にこの女を信じることができるような気がした。寺の奥から蓑と笠を借りてくると、女は多勢子の肩にかけてくれた。

女は自分も蓑をつけ、すり切れた藁（わら）の草履（ぞうり）をはいて先に立った。回りをうかがい、気にして歩いているようである。実相院から出た道を真直ぐに歩き、それから右に折れた。そしてもう一度左に曲がってだらだら坂を下ったが、その途中の赤土を塗り固めただけの塀の前で立ちどまった。塀は古いものらしく崩れた跡が残っている。しかしそこは頑丈に修繕されていた。門はぴたりと閉じられたままである。

「本当は雨の日は困るのです。雨で音が届かなくなるのです」

女はそう言ってから、足もとの小石を拾って門の内へ放り投げた。一つ、二つ、三つ、そして五つ、小石は鈍い音をたてて門の中の家の雨戸や壁を叩いたようである。屋根は茅葺（かやぶ）きであった。

「行儀が悪いとお思いになるでしょう。でもこうしなければ開けてもらえないのです」

女はいたずらっぽい表情で笑ってみせた。多勢子の緊張が少しほぐれた。気丈夫とはいうものの、さっきから胸が騒いでいるのである。

「あなたさまはいったい」

いよいよ隠密の役目が始まる。多勢子はもう我慢ができなくなってその人に尋ねた。

「女房ですの、岩倉の」

「は、卿の奥方さまで」

「女房なんですよ、ただの」

女はさらりと言ってのけ、愛嬌のある笑顔を見せた。多勢子は二の句が継げないほどに驚いた。

「これはこれは、奥方さまとも存ぜずに失礼をばいたしました」

「お気づかいなく、ふ、ふ」

奥方は、さもおかしくてたまらないというふうに声を忍ばせて笑った。多勢子は肩から力が抜けていくのを感じた。それにしても何と温もりのある魅力に溢れた女人であろう。雨に濡れたその顔が多勢子には光り輝いているように見えた。

「こんなこと平気でいたしますの。岩倉は追われている身です。これが卿と私との合図なのですよ」

　門の中に人の気配がした。

「どなたですか」

「私です、槇(まき)です。お客人をお連れしたのです。早く開けてください」

「槇の方さま。はい只今、すぐに」

　女が名乗ったとき、それを聞いて多勢子ははっとした。岩倉槇子、窮地にある岩倉卿をよく支え、内助の功厚い妻女として誉(ほま)れの高い人である。

「百姓女が礼儀をもわきまえませず、失礼をばつかまつりました。重々お赦(ゆる)しくださいませ」

　多勢子は地べたに坐って両手をついた。

「どうぞ、お召し物が汚れます。いま卿は官職を捨てています。私もともに世を忍ぶ身です。上下の差別はありません」

　槇子は多勢子の両肩を支えて立ち上がらせ、戸口まで手を引いてくれた。家はなかば壊れかかっているひどいあばら家である。植木の間のわずかな空地は全部耕されて畑になっている。食膳に上げる菜などが育てられているようであった。

雨戸は閉まったままで無人の家に見え、もしきょう槇の方に会わなかったら素通りしてしまったに違いあるまいと思う。まさに、忠臣藤原卿のお引き合わせとしか思えないのであった。

「卿がお会いくださるそうです。しばらくお待ちください。山家なので何もないのですが」

それでも茶と五色の豆菓子の入った鉢が前に置かれた。

「槇の方さま、見ず知らずの私めのこと、お尋ねにもならずに」

「はい、私は初めてあなたさまに会ったとき、この人は悪い方ではないと思いました。今もそう思っています」

「ありがとうございます」

多勢子は玄関を入ってすぐの三畳間に坐っている。襖(ふすま)を開けてしまえば、おそらく奥まで見透かしの狭い家なのであろう。

岩倉卿からどのような応対を受けようとも、後悔はすまい。多勢子は自分にそう言い聞かせた。

「ここでは何かと不自由なことが多く、私はときどき着るものや食べ物を運んで、隠れてやってくるのです。きょうはどうしたものか実相院に寄りたいと思ったのです」

「本当に奥方さまにお会いできませんでしたら、卿には生涯お目通りできずに終わったかもしれません。思いが通じて、天が奥方さまとお引き合わせくださったのかもしれません」

多勢子は目をしばたたいた。この分では、卿との邂逅も実りあるものになるかもしれない。そんな期待もわいてくる。

「待たせ申した。中にお通ししなさい」

「はい」

返事があり、さっき門に槇の方を出迎えた下僕が襖を開け放した。中は暗く、昼なのに蠟燭が点されている。岩倉具視、三十八歳、眼光は炯々として役者のような大顔である。その岩倉が、相手の腹の底まで見透かすような威圧感のある面構えで坐っていた。この女はいったい何者なのか。油断なく観察しているようにも見える。嘘の通る人ではなさそうである。多勢子は直観的にそう判断した。

「松尾多勢子と申します。信濃の国伊那から参った百姓の歌詠みの婆にございます」

「ほう、して槇の知り合いでもあろうか」

「いえ、その」

返事に詰まった多勢子を、槇の方が助けてくれた。

「ご縁があったのでしょう。今お会いしたばかりなのですが、ずっと前から仲がよかったような気がしています。正直で、率直で、いい方ですよ」

「槇が言うのだから間違いはなかろう。それで用向きとは何であろうか」

大奸物といわれるのにふさわしいような、岩倉はどっしりとした厳しい風貌をしている。もう捨て身でぶつかるしかない、多勢子はそう腹をきめた。

「岩倉さまは、佐幕派にておわしますのか、否か。私めのうかがいたいのはその一つのことに尽きてございます」

「否」

岩倉はためらわずに答えた。間髪を容れずの、即答である。多勢子はくどいと思ったが、相手が怒るのも覚悟でもう一度畳み込んだ。

「真実にてございましょうな」

「偽りはない」

阿吽の呼吸というか、もうこれ以上は切り込む隙もない返答である。

「信じられぬかな、松尾どの」

「いいえ、もう疑義を挟む余地はないと存じます。ただ佐幕派にあらずば、卿のご真意は奈辺にありましょうか」

多勢子は核心を突いた。しっかりとした岩倉の考えを摑んで帰りたいと思った。

「その前に自分のことを申し上げておかねば失礼に当たると存じます。私は齢五十を過ぎましたが、伊那の地で尊王の思想を学び、王事への思いやみがたく上洛して参りました。何とか勤王方のお役に立ちたいと思っているのです」

「そういうことであったのか」

岩倉は閉まっていた雨戸の所に行き、それに手をかけた。雨戸はがたぴしと軋みながらやっと戸袋に納まった。

「志を立てて上洛した人を、粗末に扱うこともできなかろう。馳走もなければ、せめて天然の明るい恵みなりとも。雨は降っておるが庭の見える座敷でもてなさねばのう」

傍らに控えていた槇の方が蠟燭の灯を吹き消した。

「危のうございますよ、岩倉さま。世に隠れ住んでおいでなのでしょうに。戸を開けては人目にもつきましょう。血気にはやる志士たちが、お命を狙っていると聞いています」

多勢子は血相を変え、下僕に雨戸を閉めさせようとした。

「そう惜しい命とも思わぬがのう。この岩倉の命、どれだけの価値があるものやら、勤王方のみならず幕府にいたるまで皆欲しがっておるようじゃ」

「これは驚きました。お命を狙うのは、勤王方だけと思っていましたのに」

「殺しはせぬが、この家ももう嗅ぎつけられているようじゃ。幕府方の監視役が、周りをうろうろしておるわ。勤王と幕府とは敵味方、その両方から狙われるようでは、岩倉の命いくつあっても足りぬ。そうではないかの、松尾どの」

岩倉はゆっくりと話し、それから大声で笑った。

幕府と勤王の双方から狙われている。隠棲していてもそれだけ岩倉の存在が怖いということになる。しかし昼日中の光で見る岩倉の顔には、はっきりと憔悴の色が見てとれる。貧窮のために、食も十分にとることができないのではなかろうか。

「松尾さまは運がようございましたよ。私でさえそうたびたびは足を運べないのです。食べるものもなくなって下男が庭でつくった青菜や、監視の目を盗み農家から分けてもらってくる鶏卵が唯一の馳走なのです」

卿の貧困は極みに達しているようである。多勢子は土産を持参しなかったことを悔いた。が、すぐに自分は隠密であったと気づき、手土産など下げてくる隠密などあろうかとひとり苦笑した。

「政というものは、主義を標榜して終わるだけでは何の役にも立たぬ。現実を見抜き、現実に即した施策を立てねばならぬ。初めにこの岩倉は、尊攘の主導をとった。有志堂上とともに、幕府への列参諫奏の同盟を結ぶことを策したのだ。しかし日本国の大局を思うとき、国の中が二つに割れていてはならぬことである、朝幕の乖離は融和されねばならぬということに気がついたのだ。そこで尊攘から公武合体へと転じ、和宮降嫁に力を尽くし、入輿扈従の内命を受けて東下した。その行為が尊攘派への裏切りと誤解されたようである」

卿の話は筋立っていて、理路整然としている。つまり大きな立場から日本の国の将来のためにとった施策だというのである。

「岩倉の真意は王政復古、王権の回復にある。国を治めるのは、ただひとり主上におわす天皇のみである」

最後に岩倉は明快な結論を下した。これこそ多勢子が知りたいと望んでいたところである。

「尊王の志士方は間違いをおかそうとしておりました。岩倉卿のご本心を知りましたら、どうしてお命など狙うことができましょうぞ。この多勢婆がしっかりと伝え、天誅などさせはいたしませぬ。岩倉卿のお命、必ずお守り申し上げること固くお約束をばいたします」

「何と、この岩倉の命を助けてくれるとな」

「はい、幸い志士方は私を母のように慕ってくれております。私がじっくりと話せば、聞いてくれることは必定（ひつじょう）と思われます」

多勢子は確信をもって岩倉と誓いを交わした。ここまでわかればもう迷うことはない。志士の天誅の刃をきっかりと納めさせるしかない。ふと長尾のことが思い浮かんだ。ひとりだけ、どうしても聞いてくれそうもない男がいるのである。が、今はそんなことを気にしている場合ではない。

「ご安心くださいませ、岩倉さま。志士方にはもう指一本触れさせはいたしませぬ。きっと岩倉さまをお守り申し上げるよう、きつく申しつけたいと思います」

「松尾さま、何とありがたいことを。私からも礼を言います」

「槇の方さま、もったいのうございます。行きずりの婆に情（なさけ）をかけてくださったあなたさまへのご恩報じでございますよ。卿のお心のうちがわかり、こんな嬉しいことはございません」

槇の方はこみ上げてくる涙を拭っている。

「岩倉さまは立派なお方、新しい国づくりはきっと卿のお力を借りねばなりますまい。今しばらくのご辛抱を、それまでお揃いでつつがなきようお祈り申し上げております」

「松尾どのは、まさしく草莽の女志士よのう」

岩倉は多勢子の聞き馴れない言葉を口にした。

「は、そうもうの」

「草莽とは草叢のことである。名もない、冠も持たない民草の力で、幕府は倒れるやもしれぬのう。踏まれても踏まれても雑草は生えてくる、強いものよ」

そうもうという言葉を、多勢子はしっかりと胸に刻みつけた。草莽の女志士、私はその誇りに生きていこう、そう決心をした。考えてみれば、伊那にいる北原稲雄も、長男の松尾誠や次男の竹村盈仲もみな草莽の人ばかりである。

「尊攘といっても佐幕といっても、同じ日本の国人に違いはあるまい。それが相争って血を流している。悲しむべきことである」

「岩倉さま、私にはむずかしいことはわかりません。でも、いずれにも親はおりましょう。母親であれば、敵であれ味方であれ、わが子の命の大切さに変わりはありません」

「争いをやめ、佐幕派も尊攘派も帝のもとに一つにならねばならぬ。統一の国をつくる。統一政権の樹立がこの岩倉の目指すところなのだ」

多勢子はこれまで自分が漠然と感じていたことを、岩倉卿がはっきりとした形で表現してくれたように思った。

「日本の国が一つになる。それはいつのことなのでしょうか」

「そう遠い日のことではあるまい」

岩倉卿のことを天誅だの何だのと騒いでいるうちに、当の卿ははるかに遠く日本の国の行く先を見ていたのである。

岩倉は、両腕を組んで目を閉じた。

「槇、きょうは格別静かなようであるの」

「雨の日はかえって静寂が増すように思われます。こうして雨戸を開け放して外を眺めますのも幾十日ぶりのことでしょうか。ご覧なさいませ。鳥が一羽、そこの赤い実を啄(ついば)みにきております。秋も深く、山には餌になるものも少なくなったのでしょうか」

卿は槇の方に言われ、目をあけて庭を見た。

「赤い実がよくなっておりますなあ。信濃でもこの季節には木々がたわわに実をつけて、鳥がかまびすしく群がっているでしょうよ」

雨は小降りになっている。西の空が明るんできていた。

「松尾さま、きょうは嬉しい日になりました。人は信じている道を歩いていれば、助けてくれる人がきっと現われるものなのですね」

「槇の方さま、卿のお命のこと、くれぐれもご心配なきように」

日本の政の黒幕といわれた岩倉が、田舎出の名もない一老婆に命を委ねることになった。これが日本の将来にとって、どれほど大きな意味を持つことになるのか、今の多勢子には知りようもないのである。

「松尾さま、雨が上がったようですよ。ようございました」

多勢子は濡れ縁に出て、槇の方と肩を並べた。雲の間からほんの少し陽が差し始めている。雨に洗われ、常緑の樹は生き生きと蘇って見えた。洛内での天誅の喧噪はもちろんここまで届くはずもない。鳥の囀りが地にしみ入るように静かであった。多勢子はいつの日にも変わらない、自然の悠久の営みに触れるような気がした。

岩倉卿の本意を、早く帰って志士たちに伝えねばならない。必ずわかってくれるであろう。多勢子の胸には強い確信がわいていた。

離別

続々と入洛してくる一門のために、やはり平田門下生の三輪田綱一郎が、二条衣棚通りに間数の多い二階家を借りた。志士たちの隠れ家に充てるためである。三輪田はもう四十近い歳で、一門のなかの最年長者らしく、思慮が深くて慎重な性格である。京にいる平田一門のなかでは中心的な存在として活躍していた。

初めは旅籠にいた西川吉輔や岡元太郎が衣棚に移り、それから信濃の角田忠行、高松信行、因幡鳥取の仙石隆明、肥前島原の梅村真守などが入ってきて、次々に住人がふえていった。世良や福羽や長尾などもよく出入りをし、ほかに長州藩の久坂玄瑞、品川弥二郎、小田村文助、時山直八などもやってきて議論に加わることがあった。

きょう衣棚ではほとんどの志士が出払っていて、世良と長尾の二人だけが残っている。長尾は塩屋町の実家綿屋で生活をしているが、ここに寝泊まりをすることもあった。長尾がいると話はたいてい天下国家のことになる。相手が根負けして降参するまで議論をやめようとしないのである。しかしいつもと違って、きょうは多勢子のことになった。

「どうしても納得できぬのだ。岩倉の所へ出かけていって会見してきたなどと、おかしいではないか。普通なら会えるはずなどあるわけがないのだ」

長尾はこの前多勢子と激突しそうになったときから、ずっと疑いを持ちつづけていたのである。

「しかし本当の話らしいぞ。岩倉の奥方が助けてくれたというのだ。松尾さんが同士を裏切ることはまさかあるまい。わざわざ尊王のために歳も顧みずに上洛した人なのだから」

多勢子を端から信じきっている世良は、食い下がる長尾に反駁した。

そのとき、当の多勢子が門口に現われていた。この衣棚の志士たちの家には三日と間をおかずに通ってくる。まるで母親のように慕われていて、腹をすかしているのを見越して握り飯などを携えてくることもあった。きょうは重箱の入った荷を背中に負って来ている。

二人の話が耳に入ったので、多勢子は間が悪くて家の中に入れなくなった。戸口の横に隠れるようにして立っていた。長尾の声は甲高いので外までよく聞こえた。

「本当は俺はあの日、つまり松尾さんが岩倉を訪ねた日に後をつけていた。怪しいと思ったので、ときどき家の周りをうろついて監視していたのだ。なかなかどうして、実相院で岩倉の女と待ち合わせをして行くという周到さだったのだ。道々、親しそうに話している様子は偶然落ち合った者同士には見えなかったぞ」

「しかし信じられん。岩倉の探索は、危険を冒しても隠密の役目を果たしたいという松尾さんの真心から出たものだ。それは何かの間違いではなかろうか」

「いや違う。俺はこの目で確かに見たのだ」

話はなかなか終わりそうもない様子でつづいた。せっかく馳走を持ってきたのに帰るわけにもいかず、多勢子はわざと大きな音を立てて戸を開けた。

「誰かいませんか。きょうはお握りをたくさんこしらえて持ってきましたよ」

話し声はぴたりとやんだが、応答がない。

「おや、留守なのですかね。でも履物もあるようだし。まあ、長尾さんと世良さんがいるではありませんか」

奥をのぞいて快活に言ってから、多勢子は家に上がって背中の荷物をおろした。風呂敷包みを解いて、重箱や握り飯をとり出して並べた。

「これはありがたい。長尾、おふくろの味だぜ」

世良はしきりに話しかけるが、長尾は背中を向けたままふり向こうともしない。多勢子は厨に立ち、皿を運んで卓の上に並べ、それから香の物を切った。重箱には旨煮が詰め込んである。握り飯は竹の皮を開き、そのままで卓に載せてあった。

「これはうまそうだ。長尾、馳走が並んでいるぞ。早速食べさせてもらおうじゃないか」

世良は大きな握り飯を選んでとり、かぶりついた。それから煮物にも手をつけた。長尾は返事もせずに庭を眺めている。

「さ、長尾さんも食べてください。朝早く起きて煮込んだのです。味がしみてきっとおいしいと思います。信濃では山の幸が豊富でした。芋や人参や茸などの煮物はお手のものなのですよ」

「俺は食わん」

多勢子が手渡そうとした箸を、長尾はうるさそうにふり払った。箸は空を飛び、ばらばらになって転がった。

「せっかくの松尾さんの好意なのだ。失礼じゃないか」

世良は顔色を変え、長尾の非礼をなじった。

「構いませんよ、世良さん。私はいつもゆきすぎて押しつけがましくなることがあるのです。食べたくないことだってあるのだから」

「いや、こいつはさっき腹をすかしていると言ったばかりなのです。馳走になれ、長尾」

やはり返事はなく、かわりに長尾はそばにあった湯呑み茶碗を、いきなり鷲づかみにして放り投げた。

これまでされると、さすがに多勢子も胸にこたえてくる。長尾のこだわりがこんなにも根の深いものだと思ってはいなかったのである。多勢子の持ってきた料理に、茶の飛沫がかかった。

「長尾さん、ここへおいでなさい」

厳しい顔で長尾を呼びつけたが、聞こえないふりでふてぶてしく坐っている。多勢子は後ろからいきなり長尾の衿首をつかんで釣り上げた。強引に次の間まで引きずっていった。世良は箸をとめて呆気にとられている。

「ならぬことはならぬのです。許しませんよ、長尾さん。私を見くびってはなりません。あなたのその曲がった根性を直してあげます」

多勢子はいきなり長尾の背中を押さえ込んで、一つ二つと尻を叩いた。長尾は痩せていて力は強そうには見えないが、それでも男である。多勢子の下から幾度も逃れようとするのだが、そのたびにもっと強く押さえ込まれてしまう。とても女とは思えないような強い腕力である。いやというほど尻を叩かれると、長尾はやっとおとなしくなった。それから痛そうに尻をさすって立ち上がった。そして怨めしそうに多勢子を睨みつけた。

「どちらが間違っているか考えてみなさい。人の誠意に泥をかけるようなひとは、人間ではありません。尊王攘夷という大義の前に、内輪揉めをしているときではないでしょう。陰口をたたかずに、正面切って私に堂々と言ったらいいではありませんか」

多勢子は自分を失うほど感情的になっているわけではなかった。言うべきことははっきりと言わなければならない。でなければ相手は気づかないし、さらに増長することにもなろう。ここは一つ懲らしめてやらなければならないと考えたのだった。これまで多くの子供を育てているので、その辺のこつはよく心得ている。

「俺は帰る」

言い負かすことはできないと思ったのか、長尾はひと言いって外へ逃げて出た。

「いやあ、松尾さん、これは何とも」

意外に手強い多勢子の一面を見せつけられて、世良もびっくりしたようである。

「世良さんに悪いところを見られてしまいました。でも、今見過ごしてしまったら、長尾さんは駄目になってしまいます。大義名分も大事なのですが、人間をつくることはもっと大切なことですよ。自分を磨かずに大言壮語(たいげんそうご)しても、人は信用しなくなるでしょう。自分の子供だと思えば、厳しくもなります」

多勢子の顔は平静さをとり戻していた。さっき長尾をせっかんしたときの激しさはもう消えている。ああ、この笑顔だ、と世良は思った。これまでにも志士たちが口論し、収拾がつかなくなったとき、間に割って入りこの笑顔が幾度も事をおさめてくれたのである。

大した人だよ、松尾さんは。世良は食うことも忘れてまじまじと多勢子の顔を見た。

世良は散らばっている箸を拾った。

それから一つ大きな溜息をついた。

「やあ、お多勢さん、来ていたのか」

品川がひょっこりと姿を見せた。

「まあ、弥二さん、ようこそ」

無防備で隙間だらけの感じがする品川は、やはり多勢子の気持ちを和ませてくれる。

「きょうは久坂さんは」

「そういつも一緒にいるわけではない。たまにはひとりのこともある。おっ、うまそうなものがあるな。いや、この匂いに引かれて足が向いたのかもしれないぞ」

「まあ、何里も先から嗅ぎつけるとはいい鼻だこと」

品川には安心して冗談が言えるのだった。

「うまい、うまい、松尾さんの真心がうまい」

品川はおどけてみせ、箸を使わずに指でつまむとむしゃむしゃと食い始めた。

「おい品川、手を洗ったのか」

「面倒だ。俺は世良のように清潔漢ではないからな。床に落ちたものでも拾って平気で食う。小さいときから粗雑に育っておるから、腐りかけたものを食っても腹もこわさぬのだ」

品川はまた素手で漬物をとると、口に放り込んだ。長尾とはまったく反対で肝が太く、感情にも起伏がない。

「きょうの馳走は、いつもよりももっと美味なような気がする。いい味だ。うん」

茶のかかった料理を、知らずに食べている品川を見て、世良と多勢子とは思わず目を見合わせた。とうとうこらえきれなくなった世良が笑い出した。

「世良、どうしたのだ」

「いや、知らぬが仏ということさ」

「いったい何を言っているのだ」

品川はこだわりもなく、悠然と食いつづけている。

「いや、実は」

多勢子が言いかけたとき、世良は素早く目くばせをして制止した。せっかくうまく食っているのに、ということらしい。

「いや、実は長尾が松尾さんに反抗して、ひどく叱られたのだ。きょうは思いきりお灸を据えられた。俺は松尾さんを見直した」

世良は長尾のことを引き合いに出してごまかした。

「お灸を据えられたって」

「畳に頭を押さえつけられて、こっぴどく尻を叩かれたのだ」

「これは痛快だ。それでもまだ懲りんのだろう、あいつは。しかしお多勢さんにぶたれて、長尾も本望だったのではなかろうか。久しぶりに母親の愛情に出会ったような気がして」

品川は軽く考え、いい意味にしかとっていないようである。

「品川さんは簡単に考えているようですが、根は深いと思いますよ」

多勢子自身、長尾の執念深さには改めて驚かされ、ことの深刻さが並でないことに気づいたのである。

「長尾は寂しいのだよ。早く母親を亡くして、愛情を知らずに育っているから。もしかしたら長尾は、松尾さんをひとり占めしたいのかもしれない、もっと素直になればいいのに。あまり気にしないほうがいい」

品川はあっさり片づけた。品川にかかると、深刻な問題も小事に変わってしまうから不思議である。根っから明るくて楽天的な性格なのである。

「そうですね。考えても始まらぬことです。品川さんの言うように、こだわらないことにしましょう」

じくじくするのが嫌いな多勢子は、それ以上喋らずに、卓の上を少しずつ片づけにかかった。食べ残したものを大皿に一つにし、重箱や小皿や茶碗などを洗った。こうしておけば、おいおい空腹で帰ってきた志士たちの役にも立つだろうと思った。ついでに簡単な拭き掃除もして、多勢子は衣棚の家を後にした。

長尾のことは考えないことにしようと思ったが、やはり座を蹴って去ったときのことが目に浮かんでくる。肩をそびやかし、強がってみせる長尾がかえって侘しく思われるのだった。

それから六日ほど経って、朝早く福羽が島田方の借家の戸を叩いた。多勢子はとっくに起きていて、掃除や洗濯をし終えていた。

「長尾がいなくなったというのです。初めのうちは、実家でも心配しなかったようだが、いつも行く先をはっきりさせている長尾が無断で何日も帰らず、長兄が捜し回ったという。衣棚の家にも見えたそうだが、長尾はこのところ寄りつかず、すぐに帰ってもらったということで、どこへ行ったのか、皆目見当がつかない」

多勢子に心配をかけまいとして、これまで耳に入れなかったのだという。

「戸口で話しているのも何ですから、上がってもらえませんか」

多勢子はこのごろ心にかかっていたことが、現実になったような気がして胸が騒いだ。もしかしたら、自分にせっかんされたことに起因しているのではなかろうか。そう思うと気が気ではない。

幕府と尊攘が入り乱れ、物騒な情勢にある京都では、人ひとりの失踪などものの数ではなく日常茶飯事になっている。姿が消えれば、まず敵の手にかかったと思わねばならない。梟首(きょうしゅ)されて河原に晒された者はいいほうで、ほとんどは亡骸(なきがら)の行方さえ知れないのである。

「六日ほど前、衣棚の家で私は長尾さんを厳しく叱りました。長尾さんは『帰る』と言って家を出たのですが、あのことと何か関わりがあるのでしょうか。それなら責めは、私が負わねばなりません」

「別にそのことには原因があるまいと、衣棚では言っていたようです」

「私は長尾さんから、幕府の密偵ではないかと疑われているのです。岩倉卿を訪ねたことがさらに誤解を深めました」

「長尾以外は誰もそう思ってはおりません。皆、松尾さんの言を信じています。現に卿を天誅の的からはずしたではありませんか。松尾さんは命がけで真実を突きとめたのです。その行為を称えこそすれ、怨む筋合いはありません」

「それで、長尾さんについての手がかりは何もないのですか」

あれほど自分に楯ついた長尾なのに不憫に思われてしかたがない。多勢子は真剣になった。

「それが手をつくして衣棚でも捜してみたようです。長尾の姿を見かけたという人が出てきたのだが、太秦で見たとか、天竜寺から二尊院への道を歩いていたとか、どうもその後ろを侍が二人つけているようにも見えたとか」

「太秦、天竜寺、そして二尊院。その先の足どりは」

「絶えていてわかりません。もしかして長尾の命は」

「そんなことはありませんよ、福羽さん。長尾さんに限って死ぬことなどあるはずがない。私は信じています、生きていると」

　福羽が言いかけたことを、多勢子は躍起になって否定した。長尾の生存については確証はない。しかし誰も知らない所でひっそりと死んでゆく長尾など、想像することもできないのである。あの激しい気性にふさわしく、長尾の最期は壮烈で花のあるものでなくてはならない。

「確かに死なせるのには惜しい男だ。欠点もあるが、尊王の心篤く、国を思う心情は誰にも負けないのだから」

　長尾は人と争うことが多かった。しかしいざとなると皆その身を案じているのである。

　福羽が帰った後も、長尾のことは多勢子の頭から離れなかった。衣棚へ出かけてみたが、入ってくる知らせはどれも雲を摑むようなものばかりである。

　多勢子は家に帰って寝床に入っても、なかなか眠れなかった。うつらうつらとしていると、穴蔵のような暗い場所に長尾が閉じ込められているのが見えた。悲しそうにうなだれて坐っている。長尾の周りだけがぼうっと明るんでいた。多勢子が近づこうとすると、長尾の姿は後ろに去った。

「松尾さん、俺はここから出たいのだ」

「待ってください。今行きますから」

多勢子が前に進むと、長尾はその分だけ遠のいていく。

「長尾さん、あなたのいる所はどこなのですか」

「幕府方武士の隠所(いんじょ)」

そこまでで、多勢子は目が覚めた。胸の動悸(どうき)がひどく、それを鎮(しず)めようとしばらくの間蒲団(ふとん)に坐っていた。幕府方武士の隠所、という夢の記憶が残っていた。もしかして自分の長尾への一念が通じたのかもしれないと、多勢子はこの言葉にすがった。

幕府方武士の隠れ家(が)といっても、漠然として手のつけようがない。そのとき、世良と歩いた奥嵯峨のことが頭に蘇(よみがえ)ってきた。太秦、天竜寺、二尊院という長尾が歩いていたという道筋は、多勢子と世良が散策した道順でもある。

考え込んでいると、もう障子が仄白(ほのしろ)くなって夜が明けてきている。多勢子はきょうのうちに用事を片づけ、明日から嵯峨野の探索に入ってみようと思った。

夜になって、戸を叩く者があった。遠慮がちに間をおきながら叩いている。

「松尾さま、松尾さま」

呼んでいるのは女の声であった。

「高畠さまではありませんか。お伺いしなければと思っていたところです。少しとり込みがありましたので、申しわけありません」

この前、蓮月の家を訪問した帰途、式部から相談を受けていたことがあった。四奸のひとりとして勤王方から厳責を受けている千種卿に仕えているというので、式部もまた勤王の志士に狙われていたのである。

多勢子は式部の手をとって家の中に入れ、戸にしんばり棒をかけた。

「松尾さま、お助けくださいい。もう一刻も猶予はならぬのです」

「そんなに差し迫って危ないとは思っていませんでした。許してくださいい。それで」

「とにかく、水を一杯いただけませんか」

走りづめだったとみえ、式部は肩で息をして、胸を波立たせている。多勢子は茶碗に水を汲んで飲ませた。

「やっと人心地がつきました。なにしろここに来るまでが大変だったのです。とにかく私が式部とわかれば必ず斬られたと思います」

水を飲みほすと、式部はほっと息をついた。

「実は夕方、家の周りを尊攘派らしい志士が二人徘徊していたというのです。『式部めもいよいよこの一両日のうちに始末をつける』、そう囁いていたのを近所の子供が聞いていて、その親が知らせてくれたのです。私はあるだけの銀を持って着のみ着のままで出てまいりました。何とかして京から逃れて出たいと思います。逃亡したとわかれば後を追って、洛外の道の辻々に志士を立たせ探索するかもしれません。松尾さま、いったいどうしたらいいでしょう」

式部は泣き出さんばかりの顔である。すがるように多勢子の膝に体を投げ出した。

「よろしい。いい考えがあります。式部さま、ご心配なさいますな。先ばかり案じていては、身動きがとれなくなります。それで式部さまの行く先は」

都から去るといっても、落ちて行く先はあるのだろうか。あてもない旅に、老女をひとりで発たせるわけにはいかないのである。

「まず大坂へ。大坂へはたびたび通（かよ）っているので道がわかっているのです。そこからふるさとの松坂にでも落ち延びることにしたいと思います」

「わかりました。よろしいですか、式部さま、式部さまには今から松尾多勢子になってもらいます。私になり代わって逃げてください」

「それは無理というものです。私がどうして松尾さまになることができましょう」

「ぐずぐずしている場合ではありません。夜の闇をさいわいに、顔の見分けのつかぬうちにできるだけ遠くにまで逃げていくのです」

多勢子は自分の着物の中から地味で目立たないものをとり出して、着替えさせようとした。

「せめて朝まででもここにいさせてください。お名残り惜しゅうございます」

「それはなりません。今夜のうちでなければ、明日、日が昇れば偽物の松尾多勢子は発覚するかもしれないのですよ。それに昼では提灯（ちょうちん）が役に立たなくなるのです」

「松尾さま、提灯とは」

「これですよ、式部さま。提灯の腹に笹りんどうの紋が描かれているでしょう。これは松尾家の裏紋なのです。勤王の志士は、皆この紋の目印を知っています。これを下げているのは私だけなのですから。まず勤王方に襲われることはありません」

「松尾さま、何というい思いつきを。一生恩に感じます。とはいっても私も九十歳に近い身、先もそう長くはないのですが」

「式部さま、生きていてください。生き抜いてこそまたお目にかかれましょうものを」

式部は感きわまって、ぼろぼろと涙を零した。

「泣いているときではありません。気を強くお持ちください」

「悲しいのではありません。松尾さまの情（なさけ）が嬉しくて、それで泣けてくるのです」

多勢子は急いで厨に立ち、夕飯の残りで握り飯を三つ握った。

「これをお持ちなさいませ。お腹がすいたら、齧りながら歩くのですよ」

「松尾さまは、本当にしっかりしておられるのですね。どうしてそう強くなれるのでしょうか」

「私には式部さまのような才はありません。子供を育て、畑を耕し、家業に励み、多くの使用人たちをまとめてきました。夢中で、ただ家をとり仕切ってきただけなのです。地に足をつけて踏んばってきただけなのですよ。さあ、式部さま」

式部が着替えるのを待って御高祖頭巾をかぶせ、それから提灯に火を入れた。

「この姿なら、決して咎められることはありません。弱い気持ちでいるとつけ込まれてしまいます。必ず逃げ延びる。しっかりとそう心にきめるのです。洛内の道は焦って走るとかえって怪しまれます。私は松尾多勢子、そう念じて信じて行くのです」

多勢子は式部に、ほかにもこまごまと注意を与えた。戸を開けると、折から月は雲に隠れている。周りはとっぷりと暮れた闇である。

「松尾さま、ご機嫌よう。ご厚情、決して忘れはいたしません」

「式部さまもお達者で。ご無事を祈っていますよ」

式部は戸の外で一度ふり返り、軽く頭を下げた。それから背を立て直して歩いていった。漆黒の闇はすぐに式部の体を呑んで見えなくなった。笹りんどうの提灯だけが一つ、かすかに揺れながら遠ざかっていく。しかしやがてそれも多勢子の視界から消えてなくなった。式部の姿を追い求めるように、多勢子はしばらくの間、暗闇に目を凝らした。

暗雲

多勢子は式部を逃がしてやった次の日、いつもの朝よりも早く起きた。長尾探索のために嵯峨野へ出かけるつもりであった。が、考え直して、先に長尾の実家である塩屋町の綿屋へ行ってみようと思った。一日違いで、長尾が実家に戻っていることもあるかもしれない。長尾については、最後まで一縷（いちる）の望みを捨てたくないと考えていた。

西洞院通りに入ると代々綿屋小平を名乗っているという長尾の家はすぐに見つかった。看板の掲げられている店頭には、梱包された綿の荷が堆（うずたか）く積まれている。

「へえ、郁三郎はんは、このところずっと家のほうには帰っておりまへん」

綿屋の内儀である郁三郎の兄嫁は、商人（あきんど）らしく愛想のいい語り口だったが、目に険があって少し意地が悪そうである。

「このごろは衣棚にも見えないので、同志は皆、長尾さんのことを心配しているのです」

「あの人は細（こんま）いころから商い嫌（きろ）うて、剣で生きるのやて言うてたそうどす。自分の選んだ道どすよってに」

　自分の好きな道なら、別に死んでも構わない、そういった冷ややかなものが兄嫁の言葉の端々に感じられる。こうした兄嫁の所にはさぞいにくいであろうと思われる。

「やはりこちらでも、その後の長尾さんの消息について、ご存じないのですか」

「へえ、うちはもう商いが忙しゅうて、人手もおへんのやし、ほかのことには気い回らんのどす。せめて郁三郎はんが家にいて、手伝うてくれたらどない助かることかて思います」

「それで、郁三郎さんのお兄さんは」

「今、商いのことで出かけとりますのえ。この商売も店ばかり多うなって、大変なんどす。どこも火の車どす。売り込みやら、集金やら、何から何までうちの人がせんなりまへん。天下国家がどうしたのていうたかて、一文の銭（ぜに）にもならしまへんのやろ。郁三郎はんも、何でそないな儲けにもならんことに精出すのか、うちにはようわかりまへん」

　これではどこまでいっても話の通じる相手ではない。多勢子はそう思い、切り上げることにした。

冬の空は灰色の雲が重く垂れ込めている。枯れ葉が風に吹かれ、道の上をくるくると転びながら舞っていく。この寒い日に、長尾はいったいどこでどう過ごしているのであろうか。多勢子の足どりは重く、歩みも自然に遅くなってくる。

「もし、もし、そこ行くお方」

ぼんやりしていたので、幾度か呼ばれたようだが気がつかなかった。多勢子は立ちどまってふり返った。

「今家へ帰ったら、来てくれはったお方がその辺歩いていはるのやないかて。それで追いかけてきたのどす。わては郁三郎の兄どす。心配してくれはったいうのは、ご隠居はんどっしゃろか」

話しかけた男を見ると、顔立ちが郁三郎とそっくりである。

「はい、私です。郁三郎さんと同志の、松尾多勢子と申します」

「弟がいろいろと世話かけとるようで」

今会ってきたばかりの綿屋の女房と違い、腰が低く、商人らしい礼儀をわきまえた男である。

「わてもあれのことはこれまでも心配しとりました。商人の倅（せがれ）は、商人らしゅう暮らすのがええのやて、どない説教しても聞かしまへん。何を血迷うたのか、武士になるなどと言いましてな」

一見、弟をけなしているようにみえる。しかし血が通っているだけあって、心底では身内のことをひどく案じている様子が伝わってくる。

「私の家は信濃で造り酒屋をしています。商人だからといって、時代の動きに無頓着でいいとも思いません。王事のために志を立てた郁三郎さんは立派だと思います。誉めてあげるべきでしょう」

「そうどすか。出来の悪い弟でもそない言うてもろたら嬉しゅうおす。おおきに」

綿屋は顔を赤らめた。本心ではやはり郁三郎のことがかわいいのである。

「家内もあないに上手のでけん女どすから、郁三郎と衝突することもたびたびどした。家にもいにくいて思うてたようどす。ご隠居はん、これからもなにとぞよろしゅうお頼申します。それにしてもいったいどこへ行てしもたもんやら。いや、もしかしたら」

何か手がかりがあるのかもしれない。郁三郎の兄の態度から多勢子は直感的にそう思った。しかし綿屋はその先を言いにくそうにしている。

「実は、その、お恥ずかしいことどす。郁三郎の子宿しとるいう若い女が訪ねてきたていうのどす。わてがおらんときやよってに、家内が追い返してしもて。そないに素性もようわからん者にうろつかれては、商いにも障りが出てくるてきつう言いましてな」

あの生真面目な長尾がと思い、多勢子は意外であった。

「それで、娘さんの住まいはわかっているのでしょうか」

「烏丸通り、悪王子町て言うてたそうどす。京鹿の子商うてる店の娘やそうどす」

「それだけわかれば十分です」

もしかしたらそこから長尾につながっていくことになるかもしれない。何もわかっていない今、どうしても会ってみなければならないと思った。

「それでは失礼します。私もできるだけのことはさせていただきます。あなたさまも、何かわかりましたら衣棚のほうへ知らせてください」

「すんまへん。わてももういっぺんよう捜してみますよってに」

多勢子は綿屋と道端で別れた。長尾に愛を契ったという女がいる。それは京鹿の子屋の娘だという。志士のおおかたは芸妓などを妻妾に持つ者が多い。堅気の娘を選んだことに、長尾の潔癖な性格がよく表われているように思った。多勢子はまだ会ったこともない娘に、ほのかな親しみと温もりとを覚えた。

普通なら烏丸の長い通りを探して歩くのは骨の折れることである。しかし悪王子の町名と京鹿の子屋というきめ手があり、娘の家は案外早く見つかった。

外から見るとこぢんまりとして日立たない店である。が中に入ると、京鹿の子絞りの帯揚げや手絡(てがら)などの鮮やかな色が、店いっぱいに溢れている。財布や櫛(くし)入れの小物なども並んでいた。寂しいつくりの顔をした娘がひとり、店番をして坐っている。

「おいでやす」

多勢子を見ると娘は声をかけた。面長な輪郭にひと重の目、抜けるように色の白い京美人である。多勢子は、長尾の内縁の妻に違いあるまいと見当をつけた。信濃への土産物にしてもいい、そう思って、財布や半衿(はんえり)を手にとって見た。

「これはいかほどでしょうか」

「へえ、見てみますよってに」

品物には小さな値札が紙縒(かみより)で結びつけてある。それには店の者しかわからない隠し文字で値が書いてあった。

「お負けしときますよってに」

娘は多勢子に値段を言い、立ち上がろうとした。体の動きが鈍くて辛そうである。

「帰るときにもらっていきますから」

多勢子は注意深く周りを見、奥のほうもうかがってみた。人には聞かれたくない話である。

「大事な話があって来ました。お家の方はいるのですか」

「あいにく父も母も出かけてしもて、うちがひとり留守居しとります。夜なら帰ってきますけど」

「いいえ、あなたに話したいことがあるのです。長尾郁三郎さんのことで」

「へえ」

長尾、と聞くと娘は驚いて目を見張り、それから耳たぶまで赤くしてうつむいた。

「わたしは長尾さんと知り合いの松尾と申しますが、あなたのお名は」

「へえ、みちて申します」

「みちさん、いい名前だこと。長尾さんのことを訊きたいのです。よろしいですか」

「へえ」

「いきなりやってきて信用してくだされと言っても無理かもしれません。でも長尾さんの母親代わりだと思って聞いてください」

みちは、口数も少なくておとなしそうな女である。そう歳もいっていないようで、かわいらしい感じがした。みちは黙ってうなずいた。

「不躾(ぶしつけ)なことを訊きますよ。あなたは長尾さんのお子を宿していると聞きました。本当なのですか」

「へえ」

みちはおずおずと自分の腹に片手を当てた。見ていて胸の痛くなるような、初々しくて可憐なしぐさであった。芸者や女郎を相手にせず、長尾がこの娘に惹かれたのがわかるような気がした。

「それで長尾さんは、お子のできたことを知っているのですか」

みちは暗い表情で首を横にふった。悲しそうな目である。

「女にとって、身二つになるということは人生の大事なのです。きょうは私に胸を開いて、何もかも話してください」

多勢子には、他人事にいつも首を突っ込んでしまう生来のお人好しなところがある。

多勢子の情を感じたのか、みちは重い口を開いた。

「祭りの日に、下駄の鼻緒切らして転んでしもて、指から血出してました。通りがかったお人が、自分の着物の袖裂いて、それで鼻緒挿げて、指の手当てもしてくれはったのどす。塩屋町の綿屋はんて聞いて、次の日お礼に行こか思て出ると、ご縁があったのどすなあ、途中でばったり出会うてしもて。それからはたびたび逢うようになったのどす」

「そうですか。普通なら行きずりで終わるところを」

「長尾さまは寂しかったのやないか思います。義理の姉さんと折り合いもよういってなかったようやし、いづらいて言わはって。何べんか逢うたとき、『一緒に飯でも食おか』て、加茂川縁（べり）の天ぷら屋に上がって、海老の天ぷらをご馳走になったのどす」

「まあ、やはり海老天を。実はね、長尾さんは海老に目がないのです」

多勢子の笑顔に釣り込まれるように、みちは饒舌（じょうぜつ）になった。やはり長尾のことは、喋りたくてしようがないのである。

「長尾さまは、天ぷら注文する前に、財布逆さにして全部銀出して、『海老は一匹なんぼか。みちさん何匹食えるか。これからみちさんの分差し引いて、残りは全部使うて俺が食う』、そう言うて海老天頼みはった。面白い人やて思いました」

「そうなのです。長尾さんには子供のように無邪気なところがあります」

みちの頬は上気し、目もさっきと違って輝きを増している。

「それから長尾さまは、この店にも買物に来てくれはりました。上げる人もいはれへんのに、女の小物買うてくれはって。無理してはったのやて思います。二人で鴨川の辺（ほとり）歩いたり、一緒にご飯食べたりしたのどすえ」

「みちさんは堅気の家の娘さんです。お子ができる前に、どうして親御さんに話して婚儀をととのえてもらわなかったのかしら。長尾さんの家も商人です。家同士の釣り合いもよかったでしょうに」

「長尾さまは『俺はいつ死ぬかわからぬ身だ。みちさんを妻にすれば不幸にするかもしれぬ』て、よう言うてはったのどす」

「みちさんを不幸にしたくはない、長尾さんのその言をあなたは信じたのですね」

「へえ、長尾さまのうちへの気持ちは、嘘やなかった思てます」

みちは、おそらく長尾の意思と愛情との間で板挟みになって胸を痛めたのではなかろうか。両親に話すこともできず、このごろ連絡のなくなった長尾を案じ、綿屋へ訪ねていったものと思われる。

「みちさん、第一にしなくてはならないのは、あなたの両親にお話をするということでしょう。あなたひとりでは、とても背負いきれることではないでしょうに」

「どないしてもそれだけは」

みちはうつむいて自信なさそうに答えた。

「あなた方は、ひとときの遊び心でつき合っていたのではないのでしょう。そうではありませんか」

なまじっかの同情で、みちの弱い心を引き出してはならない。しっかり立ち上がらせるのでなければ、と多勢子は考える。

「長尾さまもうちも真面目どした。遊び心やあらしまへん」

みちはためらわずにそう答えた。

「生きていくということは、一つずつけじめをつけていくことでもあるのですよ。じっと坐っているだけでも、お腹の子はどんどん育っていきます。早晩隠しきれなくなるでしょう。親は子供のことを案じているものです。勇気を出して話さなければ」

「へえ」

「そう言えば、長尾さんも子供が好きですよ。道で子供たちと遊んでやったりしていました。お子のことを知ったら、どんなに喜ぶことでしょうか。もしみちさんが話せないのなら、私が両親にお会いしてもよろしいのですよ」

「何だか松尾さまから励ましてもろて、話せるような気いしてきました。お腹の稚児(ややこ)のためにも強うならんとあかんて思います」

「その意気ですよ、みちさん。よくお話をして、長尾さんとのこと、認めてもらわなくてはいけません。二人の尊い愛情を、闇に葬(ほうむ)ってはなりません」

みちとの話し合いはうまくいったが、目的の長尾の行方はここでも摑むことができなかった。やはり探索はふり出しに戻らねばならないようである。

朝方曇っていた空が晴れ、道は午後の日差しで明るんでいる。店の内は小物の色で、花が咲いたように華やかだった。多勢子はさっき手にとって見た品物を買い求めて、みちに包んでもらった。

「体を大切にしてね。初産ですから気をつけて」

多勢子は京鹿の子屋のみちの家を出た。あの人のためにも、どうしても長尾を捜し出さなければならない。その思いを強くして多勢子は家路を急いだ。

次の日、多勢子は暗いうちに起きて飯を炊いた。そしていつもの倍はあるほどの大きな握り飯を握った。長尾はきっとどこかに捕らえられていよう。そう思うと、あてもないのに食べさせたくなって、飯を握ったのである。きょうは一日、洛外を歩いて捜してみようと思った。

麩屋(ふや)町を出たとき、東の空は少し白んでいたが、中天にはまだ星が残っていた。多勢子は迷わずに嵯峨野のほうに足を向けた。長尾の姿を最後に見かけたという、その道順に絞って探索してみるつもりであった。多勢子は急がずにゆっくりと歩いた。途中出会う人ごとに、自分のほうから話しかけてみる。茶店に入って休んでは主人と話をし、何とかして長尾らしい男の消息を摑もうと心がけた。百姓家があれば、水を一杯所望する。水のことから入り込み、草取りを手伝い、何かを訊き出そうとしたが、得るものはなくて多勢子をがっかりさせた。

　多勢子は世良とやってきたときの道程を、そのままに辿っていった。天竜寺の前を通り越して左に折れ、嵯峨野の小道を歩いて奥へ入って行く。野宮(ののみや)神社の先を右に曲がって行くと、二尊院があり、また芭蕉門下の向井去来(むかいきょらい)が庵(いおり)を結んだという落柿舎(らくししゃ)がある。この前、世良におぶさって見た怪しい家は、その手前のほうにあったような気がする。茅葺きの屋根の家で、幕府の配下が密議を凝(こ)らしているのではないかという推測であった。行く先々で道草を食ったので、その家に着くまでにはずいぶんと時間がかかってしまった。しかしあたりはまだ明るくて、姿を隠して近づくわけにもいかない。

　見ると、家の庭の隅に小屋が建っている。多勢子はひとまずその陰に身をひそめ、周囲の様子をうかがった。草葺(くさぶ)きの屋根の家の中に人がいるのかどうか、それもはっきりとはわからない。何とかして動静を探りたいと思った。

　時の過ぎるのが異様に長く感じられた。やがてひとりの武士が現われた。

「頼もう、誰かおるか」

　足早に歩いてきた武士が戸を叩いている。しかし中からの返答はなかった。武士は踵(きびす)を返し、今やってきたばかりの道を帰っていった。世良と一緒に来たときも、この古い山荘ふうの家に武士が入っていくのを見かけている。どう考えてもこれはただの茶人などの別荘ではなさそうである。しかしやはり中は無人のようである。

多勢子は小屋の陰から出て、母屋の入口のほうへ忍んでいった。慎重に周りに気を配りながら戸に手をかけた。

「もし、ごめんください」

返事はなかったが、戸は鍵がかかっておらずするすると開いた。家の中の冷たい空気がひんやりと頬に伝わった。

「もし、もし」

呼びかけながら中に足を踏み入れてみた。いつでも逃げられるように半分腰を浮かせている。二歩、三歩と中に入ってみたが、人がいるような気配はなかった。酒盛りをしたあとがある。多勢子は落ち着いて転がっている茶碗の数をかぞえてみた。大小合わせて五つ、数から推せばこの家にいる人数はそうたいしたものではないことになる。

上がり框（かまち）に腰をかけ、多勢子は奥の様子をうかがった。もし人が出てきたら、喉が渇（かわ）いたので水をもらいたかったと弁明するつもりだった。しかし人影はなかった。

多勢子は帰ろうかと思った。留まっても得るものがなければ帰ったほうがいい。そう思うと、外に出て戸を閉めた。

「何用があって参った」

多勢子は驚いて声のするほうを見た。つい今しがたまで人のいなかった庭に、武士が忽然と姿を現わして立っている。家の横合いか、小屋の裏からでも出てきたものか。武士は通すまいとするように、多勢子の前に立ちはだかった。

「田舎から都参りにやってきた者です。喉が渇いたので水がほしくて寄らせてもらいました」

気を鎮め、何気ない様子で話をした。しかし本当は、心の臓が張り裂けるほどに動悸が激しく、胸が早鐘を打っている。

「おかしいではないか。京見物に来たという老婆が、たったひとりで、なにゆえにこのような人気のないところをうろついておるのじゃ」

「おい、どうしたのだ」

もうひとり、今度は小屋の中から顔を出した武士がいる。

「ここは女どもの来る所ではない。なにゆえだ。どうも臭い」

小屋の戸を閉めて歩いてきた武士も、うさんくさそうに多勢子を見た。

「この奥に祇王寺という寺があると聞きましてな。女にゆかりのある寺と聞いて、ぜひお参りをしたいと思って来ましたのな」

「連れもなしにか」

「はい、信濃の山奥に住んでいるので、どんなに寂しい所でも苦にはなりません。ほれ、こんなに大きなお握りを持ちましてな。きょう一日歩いてみようと思って、たくさん持ってきたのでありますに。ほ、ほ」

多勢子は武士の手に、握り飯の入った風呂敷包みを触らせた。その間にも、なぜこの人は小屋の中から出てきたのか、そのへんの目端(めはし)をきかせている。

「お武家さま、たかが婆ひとり、そう疑うものではありません。あまり疑うと、こちらもお武家さまのほうに知られたくない隠しごとでもあるのかと思いたくなりますのに」

「ん、いや、そんなことはない」

妙に図々しくて、それでいて虫も殺さぬような人なつこい笑顔で切り込んでくる老婆に、武士のほうもたじたじの様子である。ほんの少しひるんだのを多勢子は見逃さなかった。

「さ、お武家さま、一ついかがですか。私ひとりではとても食べきれるものではありません。初めから誰か、道づれにでもなった人に食べてもらおうと思って握ってきたんですから」

どうも人間は胃袋のことになると弱いようである。武士たちも例外ではなかった。

「どうするか」

「ん、ま、いたしかたなかろう」

しかたなく食べてやるのだ、武士たちはさんざもったいをつけた上で、多勢子の勧めにのってきた。本当は食べたがっているのが、見えみえなのである。

「故郷(くに)にはこの婆にも、お武家さまと同じ歳ごろの伜(せがれ)がおりましてな。お顔を見てましたら田舎のことを思い出しました。はい」

武士の警戒心をとくために、多勢子は里心を誘うような老練な手を使った。

「では一つ、馳走になろうか。少々腹がへっておる」

「いや、拙者のほうは大いに腹がへっておるのだ」

二人は、多勢子の広げた握り飯に手を伸ばした。

「私は急ぐ旅でもありませんから、ではお邪魔して、お茶でも淹(い)れてあげましょう」

二人とも多勢子に言いくるめられた形になった。うまそうに食べている武士たちを見て、多勢子はしめたと思った。この笑いが曲者なのであるが、二人とも食べるのに夢中で気がつかない。

多勢子は土間におりて竈に火を入れ、薪をくべて湯を沸かした。囲炉裏にも火を入れ茶を出してやった。

「おや、ここに里芋があります。これも煮てあげましょうか」

小ぶりの里芋がたくさん、土のついたままで土間に転がっている。よく洗い、皮をつけたままで茹で上げた。

「丸ごと食べるものなの。きぬかつぎっていうんでありますに」

芋の尻から、着物でも脱がすようにくるりと皮を剝いてみせ、食べ方まで教えてやる。武士たちはこれも口に合ったのか、次々に剝いて腹に入れた。

「婆さん、祇王寺へ行くのが遅くなろう」

「別に急がなくてもいいのです。こうしていると田舎のことを思い出して嬉しくあります。何なら、ときどきお邪魔して何かつくってあげてもいいのですよ」

多勢子は笑顔を絶やさずにまめまめしく働いた。どうやら武士たちの疑いは消えたようである。

「おう、いるか」

ほんのわずか開いていた戸を足で蹴って入ってきた行儀の悪い武士がある。眉の毛が濃くふさふさで、まるで毛虫でもつけているように見え、その下から小さな金壺眼（まなこ）がのぞいている。目の周りに大きな黒い隈（くま）があるので、距離をおいて見るとまるで髑髏（しゃれこうべ）の眼窩（がんか）のようである。顔全体に険があってとげとげしく、人相が悪かった。

「誰だ」

多勢子のことを顎（あご）でしゃくり、前の二人の武士に訊いた。

「おふくろだ、拙者の」

「ほう、新村のか」

「あまり似てないように思うが、新村は父親似なのか」

武士のうちのひとりは新村という苗字のようである。

「ところで今夜のことについてだが」

後でやってきた武士もきぬかつぎに手を出しながら声を落とした。

「しっ、婆さんが」

「お前のおふくろだろう。話を聞かれても構わぬのだ」

「いや今のは冗談だ。通りがかりに上がって、握り飯を馳走してくれた。ところで、婆さん名前も聞いてなかったが」

「はい、たかが伊那の片田舎から参った者、名乗るほどのこともありませんが、松村と申します」

苦肉の策の応答である。松尾の松と、実家の竹村の村をとって、多勢子は出鱈目（でたらめ）を言った。嘘をつくとあとで忘れることがある。こうして何かに因縁づけておけば忘れることもないであろう。身を守る方便なのでしかたがない。

「馳走になった後で悪いのだが、この場は遠慮してもらおうか」

「はい、ではこれでおいとまを」

多勢子は素直に諾（うべな）った。あくまでも相手に警戒心を与えないことが大切である。しかし何か人には聞かせたくない大事な話が始まるらしい。そのことだけははっきりしている。でもこれ以上長く留まっていては、怪しまれることにもなりかねない。多勢子は土間に下りて草鞋を履いた。

もう外は、黄昏（たそが）れてきている。風も冷たそうであった。

「これから祇王寺へ行くのは、遅すぎるように思います。また出直してくることにしましょう。でもきょうは、お武家さま方と知り合いになれてよかったと思います。ではごめんください」

「婆さん、これを持っていってくれ」

きぬかつぎの残りを新村という武士が包んで持たせてくれた。多勢子はそれを腰に括（くく）りつけて外に出た。武士たちの話を盗み聞きしたいという未練の気持ちは残っている。このまま帰ろうかとも思う。しかしもしかしたら最後のぎりぎりで、何か手がかりが摑めるかもしれない。多勢子は諦めてはならないと思い、家の南面に回ると壁に体をすり寄せて聞き耳を立てた。

「長尾とかいったな。奴を責めて、どうしても平田一門のことを吐かせねばならぬのだ。今夜やるか」

「いや、今夜は太秦に結集することになっておる。長尾の拷問は明日の夜だ。太秦は例の寺の離れを借りてある」

長尾、という言葉は、多勢子の体に稲妻のような衝撃を与えた。とにかく長尾は生きている。そしてこの侍たちの手中にあるらしい。捕縛されているのかもしれない。いったいどこに。

「では今夜は太秦のほうへ。明日の夜またここへ来る。長尾は逃がさぬように、いいな」

「大丈夫です。きつく縛って足枷をはめ、身動きできぬようにしてありますから」

多勢子はしゃがみ、息をひそめて動かずにいた。時の経つのが長く思われて苛立った。足音がし、武士たちは揃って出かけたようである。

どうもあの小屋が怪しい。さっき家の中には奥の間もあったが、人がいるような気配は感じられなかった。注意深く壁面を離れ、多勢子は小屋に近づいた。長尾は必ずあの中にいよう、そう見当をつけた。小屋の戸はゆがんでいて、がたがたと大きな音を立てた。ゆっくりと少しずつ開けていき、多勢子は尺余の隙間から中に入り込んだ。

「長尾さん、長尾さんはいませんか。私ですよ、松尾がやってきました」

返事はなかったが、人の蠢（うごめ）く気配がした。多勢子は手探りで繋がれている者を探し当て、猿轡（さるぐつわ）を解いてやった。

「かたじけない」

男は息も絶えだえのようで、声にも力がない。

「長尾さんですね。そうでしょう」

多勢子はもう一度確認をし、後ろ手に縛ってある縄の結び目を解いた。それは指が痛くなるほどきつく結んであった。

「ん、うう、ん」

よほど辛かったとみえて、援軍を得た長尾はとうとう泣き出してしまった。

「さあ、もう大丈夫ですよ。今のうちに逃げるのです。皆出かけていますから」

「松尾さん、それは無理だ。足枷もはめられていて動けない」

多勢子は長尾の足のあたりを探ってみた。足枷は頑丈な厚い板で造ってあり、端が何かにとめてあるようである。引いても押しても、多勢子の力ではびくとも動かない。

「松尾さん、どうしてここがわかったのですか」

「長尾さんを捜して朝から歩いていたのです。ここで会えたのは、みちさんの思いが天に通じてのことかもしれませんよ」

「みちが。どうしてみちのことを知っているのですか」

「みちさんは、長尾さんの実家を訪ねて行ったそうです。綿屋のお兄さんから聞きました。烏丸の京鹿の子屋に会いに行ってみたのですが、心根のいいかわいらしい人でした。長尾さん、みちさんのお腹にはあなたのお子がいるのですよ」

長尾の驚きは望外だったらしく、しばらくは声も出なかった。

「俺が父親に」

「そうです。あなたはどんなことがあっても生きて、生まれてくる赤ん坊の顔を見なくてはなりません」

足の自由を失ったままで、長尾は多勢子に抱きついた。

「すまぬ、松尾さん。これまでのこと許してくだされ」

「気にしなくてもいいのですよ。それよりもお腹がすいているのではありませんか」

多勢子は土産にもらい、腰に括りつけたきぬかつぎをとり出した。手探りで皮を剥き、幼子に食べさせるように与えた。長尾はやはり十分に食を摂っていなかったようである。一つ、二つ、三つ、喉を鳴らしながらうまそうに食べた。

「松尾さん、帰ってください。ここに長く留まっては危険だ」

「この足枷をとって一緒に逃げられないものでしょうか」

「無理だと思う。鉈(なた)でも持ってきてぶち割らんととれぬでしょう。ひとりやふたりではできまい」

長尾は自分が逃げることよりも、多勢子の身のほうを案じた。

「いつもここに集まる人たちの人数は」

「多少の出入りはあるようだが、多いときでも十人ぐらいでしょう」

「わかりました。今夜はどうにもなりません。皆に話してきっと助けに来ます。もう少しの辛抱です。生まれてくる子のことを考えて耐えてください」

「かたじけない、松尾さん」

「ごめんなさいよ」

多勢子は再び長尾を後ろ手に縛り上げるともとどおりに猿轡をかませた。

「それからみちさんのことはくれぐれも心配しなくてよろしいのですよ。この後も私が相談にのってあげるつもりです。自分の娘がひとりふえたと思えばいいのですから」

「う、う」

長尾は何かを言っているのだが、猿轡をかまされているために言葉にはならない。しかし多勢子には長尾が、「松尾さん、悪かった、謝る」とでも言っているように思えた。

「もう泣くのはやめなさい。男が泣くなんてみっともない。よろしいですね、生きていてくださいよ、長尾さん」

多勢子は、くどいほどに言い含めた。疲れきっている長尾には、生の執着を持たせねばならない。そうでないと眠り込んでしまい、そのまま覚めないこともあるのだ。

「帰ります。信じてくださいよ、きっと来ますから」

長尾の探索を始めたその日に会えたのは、よほどの僥倖（ぎょうこう）と思わねばならない。十中のうち、八か九までは発見がむずかしいと考えられていたのである。岩倉卿との会見のときもそうであった。それにしても、人間の思い定めた一念というのは恐ろしいものである。こうと決定（けつじょう）すれば、一切は集約した自分の思いに向かって靡（なび）き、動いていくのである。そして事は成就する。多勢子はそれをつぶさに感じた。

多勢子は長尾の頭を撫でてやり、それから身を低くして小屋の外に出た。

闇深く

雲が流れ、月がほんの少し顔を出している。多勢子はその明かりを頼りに帰路を急いだ。長尾を助けることができなかったことが、ひどく悔しかった。

武士たちは確か、明日の夜長尾を拷問にかけるようなことを言っていた。とすれば、それまでは少なくとも長尾の命は保証されることになろう。早く衣棚（ころものたな）に帰って志士たちと相談し、長尾を助け出す算段を考えなければならない。しかし多勢子には一つ気がかりなことがあった。きょうの夜、太秦の寺の離れに武士たちが結集するということである。これから衣棚の家に帰って出直していたのではもう間に合わないかもしれない。そう考えると、多勢子はひとりで太秦に行ってみることにした。

途中の茶店で提灯を譲ってもらい、それを下げて歩いていった。多勢子の耳に入っているのは、太秦の寺の離れ、ということだけである。

昼間やってきた道を逆に辿り、天竜寺から嵐山（あらしやま）へ出た。まだ多勢子は、京の地理を知悉しているとはいえない状態である。太秦の寺といえば、弥勒菩薩半跏思惟像で有名な広隆寺を知っているくらいのものである。上洛後間もなく、この仏を見るために広隆寺には立ち寄っていた。世良と二人、広隆寺の近くにある蚕の社のあたりも歩いていたので、そのときの土地勘はまだ記憶に残っていた。

武士たちが話していた寺の離れというのは、広隆寺のことだったのだろうか。しかし広隆寺は、忍びの談合のためには境内が広すぎて、人の集まるのが目立ち、不都合なようにも思われる。

渡月橋から広隆寺までの道は迷うこともなかったが、さすがに夜のひとり歩きは少し心細く思われた。

広隆寺の山門が近くなったとき、交差している道の角を曲がって武士が出てくるのが見えた。多勢子は提灯の明かりを吹き消して後をつけた。武士は音もなく忍ぶようにして歩いている。広隆寺には入らずに前を素通りして先へ行った。道が二股に分かれている所まで来ると、右に曲がって急いだ。多勢子も気どられないようにして右に折れた。こんもりとした木立があり、その中に寺の屋根のようなものが見えた。武士は正面の門へ回らずに、手前の生垣にある柴折戸を開け、その中に姿を消した。

多勢子は、また背後に人の足音を聞いた。立ちどまっては怪しまれる。寺の前を過ぎてゆっくりと歩いた。足音は同じように柴折戸のあたりで消えたようである。もう間違いはない、この奥にある寺が幕府方武士の密会の場所であろう、多勢子はそう判断し、道の向こう側にもある木立の中に身をひそめた。そこからは柴折戸のあたりがよく見える。前後して三人の武士が入っていくのを突きとめた。

寒さと緊張のせいか、多勢子は尿意を催した。道にはさいわい人の影もないようである。着物の裾をからげると、多勢子は木立の下の藪(やぶ)の中で用を足した。股間(こかん)から熱い尿(いばり)が勢いよく走って出た。伊那でも小さいころ、よくこうして草原で用を足したものである。そんな思い出がいくらか多勢子の気持ちを和らげた。多勢子は柴折戸から目を離さずにいて、中に入っていく武士を八人まで数え上げることができた。もう誰も来そうもないと判断したとき、ゆっくりと木立から出ていって、柴折戸を開けて中に入った。戸は逃げるときのことを考えて開けたままにしておいた。隠密はどんなことがあっても生きて帰らねばならないのである。生きて帰って、手に入れた情報を渡さねば犬死にをしたことになる。中に入り、少し歩いていくと寺の本堂があった。廊下で繋がっている奥の離れに明かりが点っている。多勢子はまず、寺の境内の地形の概略を頭に入れた。

音を出さないように注意して、明かり障子のある廊下の縁の下にもぐり込んだ。

「それで、貴殿の考えは」

聞きとりにくい部分もあったが、それでも話の中身のおおかたは摑めそうである。地に這ったままで、頭だけ上にもたげ、床下の横桁に耳を当てた。

「拙者の……、あくまでも決行。それしか……」

武士の声の低い部分をどうしてもはっきりと聞きとることができない。多勢子は頭を低くし、尻を上げてもっと奥へ潜行しようとした。そのとき横桁にいやというほど尻を打った。

「何だ、音がしたようだが」

頭上で障子のあく音がした。誰かが庭のほうを見て確かめているようである。

「拙者には何も聞こえなかったが」

「いや、確かに音がした。人がひそんででもおるのではないか。見て参ろう」

武士が縁側から下りて床下をのぞき込んだ。万事休す。多勢子は目をつむって息をひそめた。

「何か見えるか」

「いや、明かりをつけねばよく見えぬ。手燭をとってくれぬか」

胸の鼓動が、自分の耳に聞こえるほど激しくなっていた。もしここで捕まれば、即刻斬罪に遭うことはまず間違いあるまい。なにとぞ諸天の加護がありますように、多勢子は必死に祈った。

そのとき、多勢子の首筋にやんわりとした生き物の和毛（にこげ）のようなものが触った。声を上げそうになったが我慢した。それは甘い鳴き声ですり寄ってきて、それから縁の外へ這い出ていった。

「わかった。縁の下に猫がおったのだ」

「大騒ぎをさせておきながら、そんなことだったのか」

疑いが晴れ、武士はまた座敷に戻ったようである。ああ、助かることができた。多勢子にとっては天の配剤ともいうべき、一匹の援軍が現われたのである。

「さっきの続きだが、策はいかに」

論議は再開された模様である。廊下の奥へ入ると、前よりずっとよく聞こえた。武士たちの真下に位置しているようである。

「やはり手っとり早いのは、死んでもらうことだ。これは幕府のさる重役方のご意向でもある。名は出すわけにはいかぬのだが」

「いくら何でも、帝（みかど）を手にかけるなどと」

「斬るのではない。毒を使うのだ」

「毒殺を」

これは大変なことになった。尊王方では想像したこともないような恐ろしい相談がここでなされている。帝とは孝明天皇のこと、心肝が凍りつくような悪事の画策である。

「毒というと」

「鴆の毒」

聞かれた武士は、まるで切り捨てるようにひと言で片づけた。多勢子は怒りのために体が震えた。憤怒といったほうが当たっているかもしれない。

鴆とは猛毒を持った鳥である。その羽を浸しておいた酒を飲むと、たちどころに死ぬといわれていた。しだいに旗色の悪くなっていく幕府は、起死回生のために天皇毒殺を策しているようである。尊王とは、天皇あってのものである。その対象である天皇を殺せば、尊王は覆されることになる。衰微してきた権力をとり戻すために、幕府は手段を選ばずということなのであろう。

「しかしわれわれは、帝の傍に伺候することはできない。酒を勧めるとしても、毒味役がついていよう。毒物は天皇の口に入る前に、捨てられてしまう」

「別のやり方でやる」

「それはどんな方法なのだ」

多勢子は身じろぎもせず、全身を耳にして聞いていた。それにしても大変な談合の場に出くわしたものだと思った。

「帝は書をする前に、必ず筆先を口に含んでほぐす癖があるそうだ。それから硯におろして墨をつけるという。その筆の先に毒を塗っておく。側近にも、食膳以外については油断があろう」

「しかし誰がそんなことをやれるのか。宮中で、しかも帝の傍におる者でなければできるわけがない」

論議の内容は、毒殺についてより具体的なものになった。

「それができるのだよ。側近の中に幕府方と通じている者がおる」

多勢子は密議のあらましを聞いた。こうした人里離れた、しかも寺の離れを借りての会合をはたして信用していいものか、どうか。一抹の不安も残るような気がするが、しかし耳にしたからには一刻も早く宮中に奏上申し上げねばならない。真偽を考えて時を浪費している場合ではないような気がした。多勢子は、床の下から這って出た。腰を折り、足音を忍ばせて柴折戸から逃れた。外は風が立っていた。これが多勢子の動きを助けることになった。慎重に、柴折戸を閉めることも忘れなかった。

道に出ると、足に絡みついてきたものがある。

「まあ、お前でしたか。さっきはありがとうよ。この婆を助けてくれた恩人です」

多勢子は、道にうずくまっている捨て猫を拾い上げた。

「おぬし、何用があってこの辺をうろついておるのか」

外に出てほっとした瞬間に、予期していなかったことが起こった。誰もいないと思った道に武士がひとり立っている。

「このように遅い時刻、人気のない場所に格別の用があるとも思われぬ。どこへ行ってきたのだ」

「はい、かわいがっておるたまがいなくなりましてな。捜しているうちにここまで迷い込んでしまいました。身寄りもない婆ゆえ、小さな生き物が寂しさを紛らわしてくれておりますので、はい」

「おかしいぞ。おぬしの弁は、京言葉ではないではないか」

「この歳になって嫁にいじめられ、ほんの少し前、信濃から京の知り合いを頼ってやって参りました。今は間借りをして、身のふり方を考えているところです。私は百姓の婆、決して怪しい者ではありません。おお、よしよし、せっかくうちにもらわれたのだから、もうどこへも行くではないぞえ」

多勢子は自分でもびっくりするほどの芝居をした。それが絶妙の名役者ぶりで、われながらいい出来なのである。別に楽しんでいるわけではなく、必死の防戦の結果なのであった。

「ま、拙者も生き物は嫌いなほうではない。気をつけて行くがよかろう」

「へえ、おおきに、お武家さま、そのうちきっと都の言葉にも達者になりましょう」

おそらく寺の密議に遅れて駆けつけた武士ではないかと思われた。気の配りようが尋常ではなく、多勢子にも目をつけたようである。

「お前には二度までも助けてもらいましたよ。この恩を思ったら捨てて帰ることもできますまい。野良猫さんよ、急ぎますよ」

多勢子は着物の衿を開き、猫を懐の中に入れた。懐の温もりで眠くなったのか、猫はおとなしくなった。

多勢子は太秦から御池（おいけ）通りを通って三条へと向かった。帝の危急を一刻も早く奏上しなければならない。しかし自分はたやすく御所に参内（さんだい）できる身分ではない。

多勢子は歩きながら考えた。頭に浮かんだのが同志のひとり、福羽美静（ふくばびせい）のことである。神祇伯白川家（じんぎはくしらかわ）への参上をとり次いだのも福羽であるし、白川卿に国学を講釈しているし、孝明天皇の侍講者でもある。福羽なら賢所（かしこどころ）に自由に参内できる身である。上聞に達する早道は、福羽の耳に入れるしかない。多勢子は福羽の家へと急いだ。

家々の戸が固く閉ざされ、人も歩いていない深夜の道を、多勢子は福羽家の戸をたたいた。

「夜分遅く悪いのですが、松尾です。誠に申しわけなく存じます」

相手の迷惑など考えている場合ではないと思い、多勢子は福羽家の戸をたたいた。

家の中からはすぐに返事があった。

「遅い時刻にうかがって申しわけなく思います」

「今、戸を開けますのでお待ちください。まだ起きて書を読んでいました。たいてい休むのは明け方近くになるのです」

福羽は嫌な顔もせずに多勢子を迎え入れた。帝に和漢古典を進講申し上げるためには、日常の研鑽も並たいていの苦労ではないようである。これに耐えることによって、福羽の人間性にも磨きがかかっていくらしい。

「お茶をお一つどうぞ」

福羽の妻女とねが、挨拶に現われた。

「どうぞお構いなく」

「いや家内は、私が起きている間は寝ずにいて、いつもこうして茶を淹れてくれる。

特別のことではありません」

夫は深夜も学問に励んでいる。とねは隣の部屋で、縫い物などをしながら控えているのだという。穏やかな身のこなしで挨拶をすると、とねはすぐに場をはずした。

「福羽さん、私は長尾さんを捜して、きょう一日歩き回ったのです」

「申しわけない。われわれも捜しているのだが、なかなか消息がわからぬ」

「年の功でしょうか、とうとう見つけることができました」

福羽は、驚いたようである。なかば諦めかけていただけに、多勢子が持ってきた知らせは大きな収穫であった。

「それで長尾はどこに」

「ちょっと待ってください。その前にもっと急がねばならないことがあるのです。宮廷の大事なのです。畏れ多くも、天子様毒殺の企みがあると、今聞いてきたばかりなのです。そのために深夜、こうして迷惑も顧みずに伺ったというわけです」

多勢子はこれまでのあらましを福羽に話した。

「何という大それたことを」

「あ、そうそう、戸口においた猫に何か食べるものをやってくれませんか。私の危ういところを助けてくれたのですから」

福羽はとねを呼び、猫に食べ物を与えるようにと言った。

「明日は御所へ伺う日になっているが、その時刻まで待っているわけにはいかない。朝のうちに参上して、信頼できる筋にお伝えし、策を考えてもらうようにします」

町はみな寝しずまって、ときどき犬の遠吠えが聞こえるだけである。二人は時の経つのも忘れて、長尾救済についても話し合った。

「松尾さん、本当にお手柄でした。あなたは岩倉卿にも面談し、その胸中の真偽を問い糺している。今はまた天皇暗殺の大事を探ってくれた。われわれ男も及ばぬ働きです。誠にご苦労でした」

いつもは冷静な学者肌の福羽も、ふだんと違ってさすがに興奮している。

「もう一つ心配なことがあるのです。さっき話したように、帝のお書きになる筆の先に鴆の毒をつけておくという企みなのですが、いったい誰にそんなことができるのでしょうか。お側近く仕えているのは、ごく少数の限られた人たちなのでしょう」

「松尾さんの言うとおりだ」

「前に和宮ご降嫁を推進し、四奸二嬪といわれた人たちがいますが」

「四奸といえば、久我大臣、岩倉中将、千種少将、富小路中務大輔の方々、それから二嬪といえば少将内侍の今城さまと衛門内侍の堀河さまだ。が、いずれももう宮中からは隠退している」

「しかし二嬪の方々は復職なさったという噂もあるようです。幕府と何らかの関わりがあるのではないでしょうか」

「その心配はないでしょう。今城さまは帝の信頼が特に厚く、反対派から譴責されて暇(いとま)をとったときも、帝は心を痛められたと聞いている。堀河さまは孝明帝の寵愛を受けられ皇女の宮を産まれたほどの方だ。まさか幕府方と通じ、悪事に手をかすことはありますまい。しかし暗殺と聞いたからには早速参上し、申し上げねばなりますまい。側近についても、宮廷のほうで調べられることと思います」

「やっと安心いたしました。やはり伺ってよかった」

多勢子は、これまで張りつめてきた気持ちがやっと楽になる思いがした。

「それにしても松尾さんはたいした人だ。孝明天皇、岩倉卿、このおふた方の命を助け申し上げることは、日本の国のなりゆきを変えることになるかもしれないのだから」

福羽は多勢子を盛んに誉めそやした。しかし長尾のことを考えると、多勢子はそう手放しで喜べる気持ちにはなれない。

「夜が明けてきました。きょうの夜、長尾さんを幕府方は拷問にかけると言っています。公の場所ではないので、私刑に近いものでしょう。尊攘派の隠れ場所なども吐かせようとしているようです。下手をすれば、平田一門も一網打尽（いちもうだじん）の憂き目に遭うかもしれません。早くあの奥嵯峨の山荘から助け出さないことには」

「あんなに松尾さんに楯をついていた長尾のために……。とてもありがたい」

「田舎の百姓の婆というのが、いつもいい隠れ蓑になるのですよ。私は長尾さんを捕縛した人たちの家に上がり込んで、厨仕事までしてやったのです。まさか敵の隠密とは気がつかなかったことでしょう」

「何と怖いもの知らずの人であることか」

「福羽さん、私はこれから衣棚へ直行します。そして志士の皆さんと相談したいと思います。長尾さんは、足枷をかけられて身動きがとれません。でも今夜、拷問されるからには小屋から出されるのではないかと思います。そのときがいい機会です。敵の数は、多くても十人余りと思います」

「では二十人、いや三十人ぐらいで斬り込むことにしては」

「はい、急いで話し合い、支度をいたしましょう。私が先に立って案内します」

長尾が捕らわれている小屋は、中に雑多なものが入っていて、ほとんど隙間がないようであった。拷問にかけるために、大の男が二人も三人も入るだけの余裕はない。

長尾はきっと小屋から連れ出されることになろう。多勢子はそう見当をつけていた。

福羽の妻は朝餉(あさげ)の支度をし、朝食をとって帰ることを勧めたが、多勢子は一刻も惜しい気持ちで辞退をした。

「松尾さま、猫はいかがいたしましょうか。まだそんなに大きくなくてかわいい猫です。うちでお預かりしてもいいのですが」

帰りかけた多勢子を、とねが呼びとめた。

「おやまあ、恩人のことを忘れていました。いつもこうなのですよ。熱中すると一つのことしか頭になくなってしまうのです。これからひと働きしなければなりません」

人柄のいいとねに、多勢子は猫を飼ってもらうことにした。

長尾を何とかして無事に助け出したい。そう思いながら、多勢子は衣棚通りの志士たちの家に向かった。

「武士（もののふ）の赤き心を」

時刻は子（ね）の刻（午前零時）を回り、もう丑（うし）の刻（午前二時）に入っている。しかし衣棚の家ではまだ寝ようとする志士はひとりもなかった。皆落ち着きのない様子で坐っている。幾度も戸口のところに出て、通りを見てはまた戻ってくる志士もいた。

多勢子の案内で、嵯峨野山荘に屯（たむろ）している幕府方武士への討ち入りがなされた。見張り役の志士が、小屋から母屋に連れ出される長尾を確認し、それから三十数人の志士たちがいっせいに斬り込んでいった。相手方は不意を突かれて激しく応戦したが、数と腕との双方が及ばずに敗北して、長尾は無事に救い出されたのである。

志士たちは三々五々引き揚げて衣棚へ戻ったが、そのなかに多勢子の姿だけがなかった。味方の志士にはひとりの死者もなく、皆多勢子の安否を気遣って待ったが、帰ってくるべき時刻はとっくに過ぎていた。

「どうするつもりなのだ。結局は、お多勢さんに一番迷惑をかけることになった。長尾が助かっても、お多勢さんを死なせたのでは申しわけが立たぬ」

品川弥二郎は、長尾を睨みながら言った。ふだん温厚な品川にしては厳しい口調である。

「すまん、この俺のために松尾さんが大変なことになった」

長尾は体が衰弱しきっているのに横にもならず、正座してうなだれている。直情で一本気な性格は、こんなときには逆に脆さとなって表われ、今にも泣き出しそうな様子である。自分が反撥したことで心配をかけ、結局は多勢子を窮地に陥れることになった、そう思い込んでいる。

歯切れのいいきびきびとした態度、人の心の裏を見透かすような鋭い目、しかしその目がときには慈母のような優しさで相手に注がれる。長尾はぎゅっと唇を嚙みしめ、そうした多勢子のことを思い出していた。

「いまさら後悔するぐらいなら、なぜもっと早く素直にならなかったのだ。楯をついているのに、松尾さんはお前のことを一番心配していたのだぞ」

品川は腹に据えかねたように、激しい口調で長尾をなじった。

「品川さん、言いすぎではありませんか。長尾が気の毒です。長尾、少し横になって休め」

久坂玄瑞が、間をとりもつようにして品川をなだめた。

品川も久坂もともに長州に帰っていて、さっき再び上洛したところである。二人連れだって、まっすぐに衣棚へやってきて草鞋を脱いだ。誰もいない所に上がり込んで、いつもと違った様子を不審に思っていたところ、斬り込みの志士が次々に帰ってきて、わけを知ることができたのである。

「松尾さんは見つからなかった、どこにも」

捜しに行っていたなかのひとりが帰ってきた。藤本鉄石という男で、京の伏見に住んでいるが、この衣棚にもよく出入りしている。備前国の生まれで、兵学と武術に通じた上、書道、画技、和歌、詩にも勝れていて多才である。鴨方藩に出仕していたが、微禄に甘んずることができずに脱藩し、国事に奔走するようになった。

藤本は公武合体から猛烈な討幕派に転じ、「天誅」を標榜して討幕の軍を起こそうとしていた。知を広く天下の志士に求め、交わりもまた広く天下の志士に求める、と壮語している。そのために藤本の寓居を訪ねる者は多く、京の志士たちの要の役を担っている。これまでに、多勢子も二度藤本の家を訪問していた。

藤本は岩倉に対して、特に幕府方奸物として憎悪の念を抱いていた。それが多勢子の内偵によって覆され、多勢子の力量に舌を巻いていたのである。

藤本は、このたびの長尾救済の討ち入りの総指揮をとった。万が一、多勢子に間違いでもあれば、指揮をとった自分にその責任がある。そう思うとじっとしていることができず、捜しに出かけていたのである。

「長尾を助けることに気をとられ、松尾さんを先に逃がさなかった。行く場所をよく教えてもらって、それで松尾さんは行かすべきではなかったのだ」

過ぎ去ったことや失敗したことについては、くよくよしない藤本が、愚痴(ぐち)めいた言(げん)を繰り返した。

「いまさらそんなことを言ってもしかたがない。これからどうするかを考えるべきではないか」

久坂は直接討ち入りに参加しなかっただけにかえって冷静である。落ち込んでいる藤本を励ました。

「あの人だけは死なせたくなかったのだよ、久坂」

衣棚の家には重苦しい空気が漂い、いたずらに時だけが過ぎていった。

「お多勢さん以外は、間違いなく皆帰っているのか」

品川が志士たちを見回して尋ねた。

「大庭(おおば)恭平(きょうへい)、寺島忠三郎(てらじまちゅうざぶろう)、轟武兵衛(とどろきぶべえ)の三人がまだ帰っていません。あとは捜しに出た者も全部帰りました。大庭ら三人も一度帰ってから、松尾さんを捜しに出かけていったのです」

やはり討ち入りをした平田一門のひとりが答えた。久坂が外へ出て行こうとした。

「探索に行ってくる」

「行くな久坂、三人のうち誰かが帰るまで待ってみよう。無駄な動きはしないほうがいい。何か手がかりを摑めるかもしれない」

逸（はや）る久坂を、品川が制止した。

「そうのんびりしてはいられません。もし敵方に捕まっていれば、命も危ない」

「お多勢さんは死にはせんよ。死ぬことなどありはしない」

品川の耳には、いつも気さくに「弥二さん」と呼びかける多勢子の声が残っている。品川はうっすらと目に涙さえ浮かべていた。誰よりも多勢子のことを心配しているのである。

「おらん、長尾が捕らえられていたあの家の近くまで行ってみたのだが」

大庭恭平と轟武兵衛とが相前後して帰ってきたが、ともに色よい返事を聞くことはできなかった。

「俺は松尾さんが斬られたように思う」

大庭は、最後に志士たちがぎくりとするようなことを言った。大庭はもと会津（あいづ）藩士であるが、尊王の心を抱くようになり脱藩して浪々（ろうろう）し、その後この衣棚志士団に加わっている。会津藩では小身であったためにほとんど認められることがなく、力を発揮できなかったためというのも、脱藩の理由の一つとされていた。

愛敬があり、重苦しくなりがちな衣棚の隠れ家で飄逸（ひょういつ）なことを言ったりしてよく笑わせるので、重宝な存在であった。そのうえにまめでよく働く。飯を炊いてやったり、同志の洗濯もしてやったりする。その大庭が予期しないことを言い出したので、一瞬ざわめいた。

「お多勢さんが斬られたって。まさか斬り合いの場に入ったわけではあるまい。案内して行っただけのことであろう」

品川は大庭の発言をとり上げようとしなかった。いやとり上げたくないのである。

「松尾さんならやるかもしれん」

藤本までが、大庭に同調するようなことを言った。

「素手の松尾さんが斬り合いのなかに踏み込むことはないと思います。刀を持っていないのですから」

ずっと黙り込んでいた西川吉輔がもっともらしい発言をした。

「いや、お多勢さんは、目立たぬように帯の間に短刀を差していることもある」

品川は前に多勢子から、ひとふりの短刀を見せてもらったことがある。長州藩藩侯から賜ったといういわれの品で、白鞘だったものを多勢子が蠟色塗にして金蒔絵を施させ、山桜の模様を散らして造らせた。それにさらに金泥で、本居宣長の「敷島の大和心を人問はば」の和歌が書かれている。

「もしかして松尾さんは、あの短刀をふりかざして戦ったのではなかろうか」

女の短刀で立ち向かっていったのでは、十のうち八、九は希望的な見方が失われてしまう。

品川は多勢子の姿を最後に見かけたのはいつか、ひとりひとりの志士に訊いていった。

「松尾さんは、長尾がいたという小屋の前に立っていました。あとはわれわれに任せるように言っても、帰らなかったように思います」

「いや、寺の前の木立に入っていったような気がする」

答えはまちまちで、突き合わせてみると、逆の判断が出てくることになる。志士たちが山荘に着いたときには、すでに長尾が小屋から出されて母屋へ移っていた。ちょうど拷問が始まりかけていたので、皆そこに注意を集中し、周りの同志のことなどよく覚えてはいないのである。

「松尾さんの肩に、敵の白刃がふり落とされたのを見たような気がします」

結局、大庭のこの主張が一番真実味があるように思われた。しかし大庭にしても、自分の目尻(めじり)でほんの一瞬とらえた光景が絶対に間違いではない、などと言いきれる確信はないのである。

「何か、音がしたようだ。静かに」

久坂は戸口で物の倒れる音がしたように思った。もう一度、何かが戸にぶつかったような物音が、今度ははっきりと誰の耳にも聞きとれた。

「松尾さんだ」

ひとりが叫ぶと、皆立ち上がって玄関に駆け寄った。戸を開けた藤本の腕にいきなり多勢子が倒れ込んできた。顔面は蒼白で、息も絶えそうなありさまである。

「松尾さん、しっかりしてください」

品川と久坂が手を貸して、多勢子を座敷に運び込んで横たえた。

「ほんのかすり、傷です。腕を、縛って、きました」

袖のところが刀で斬り裂かれ、着物の左半分が鮮血に染まっている。多勢子はそのまま気を失った。

左二の腕に一カ所、深い裂傷が認められた。そのまま放置されれば間もなく出血のために命を落としたはずである。それを気丈夫にも多勢子は腰巻きをはずして二本に裂き、腕のつけ根と裂傷部の二カ所を縛って帰ってきたのである。左手首から指先にかけてすでに紫色に変色しかかっていた。

「松尾さんが危ない。早く手当てを」

品川が傷口を洗い、藤本と二人がかりで血どめの油薬を塗り込んだ。久坂が近くの薬師(くすし)の家に走った。深夜にもかかわらず薬師はすぐに駆けつけてきて手当てをし、針で傷口を縫った。多勢子の意識はなかなか戻りそうにもなかった。

このありさまを見て、とうとう長尾が泣き出してしまった。

「長尾、静かにしろ」

品川にたしなめられると、長尾の声がかえって大きくなった。藤本はそうした長尾を強引に引きずって別の部屋に連れていった。

「泣き叫んだところで、どうなるものでもない。お前も体が弱っている。少し横になって休め。松尾さんのほうは、交代でついておる。心配するな」

藤本がなだめても長尾は寝ようともせず、泣くのをやめてからも異様に目だけをぎょろつかせている。藤本は、西川と岡元の二人を呼び、長尾の傍についているように命じて、自分は多勢子の枕もとに戻った。

品川は、多勢子の血の気のない顔に浮かぶ汗を盛んに拭いてやっている。久坂も心配そうにのぞき込んでいた。ほかの志士たちは、皆押し黙ったまま次の間に控えていた。

大庭ひとりだけがいつもと変わりなく立ち働いている。多勢子の着て帰った着物の血を洗い落とし幾度も濯いで、風呂場の中に釣り下げた。そのあと、厨に立ってもう朝餉の支度を始めている。

夜が明けても多勢子の様子はいっこうにはかばかしくなかった。むしろ悪化しているようにみえた。高熱にうなされているありさまはただごととは思えない。

「藤本さん、別の薬師に診てもらったほうがいいのではありませんか」

久坂が首をひねり、藤本に相談を持ちかけた。

「いや、拙者もおかしいと思っていたところだ。あの薬師は藪くさいところがある」

「伊勢久の知り合いにいい薬師がおると聞いている。頼んでみよう」

品川は伊勢久に使いを出そうとした。

「私に行かせてください。品川さん」

「お前には飯の支度をしてもらっている」

「もうでき上がっています。あとは食ってもらうだけです。とにかく私が行ってきます」

大庭はこれまでにも積極的に人の嫌がることを買って出ている。そしていつも器用にやりこなす。品川が返事をする前に大庭はもう外に駆け出していた。

間もなく伊勢久が薬師と二人駕籠でやってきた。大庭は徒歩で後を追いかけているという。

「傷口がえろう腫れとるのう。黴菌の入っとる心配もある。ま、この一両日が山になるやもしれん」

薬師は斬り傷をよく診察してから目くばせをして、藤本を別の部屋に呼んだ。品川もついていった。

「ようまあ、その場で死ななんだもんや。よほど気の強い婆さまとみえる。でけるだけの手当ては尽くしたが、なにぶんにもぎょうさんの血い流しとるよってになあ」

薬師は、どうしてももう一軒急患のために回らなければならない所があると言い残して帰っていった。

傷口と頭とを冷やすようにとの薬師の指示にしたがって、井戸から冷水を汲む者、桶に手拭いを浸して絞る者と、衣棚の家は大騒ぎになった。こう人数が多くてはかえって邪魔になる。藤本はほかに行く宿のある者は帰るようにと指図した。自分の家がある志士にも、いったん引き揚げるようにと命じた。皆帰りたがらなかったがいたしかたなく、それでは神頼みにでも行ってこようかという者も出て、それぞれが散っていった。

長尾は夜明け前からまた多勢子の枕もとに坐っていた。助け出されてからほんのわずかのものを口にしただけである。今朝は断食をして食膳に箸をつけようともしなかった。多勢子の平癒の祈願をかけているのである。

「長尾さま、そないに強情張ってたら、体こわしてしまいます。長尾さまが倒れはったら、松尾さまとて喜ばはらんと思うのどすが」

薬師を連れてきてそのまま残った伊勢久が幾度も子供を諭すように言い含めるのだが、長尾は頑として応じない。口をへの字に結んで坐り、泣きたいのを我慢してときどき肩を大きく波立たせている。

「あいつはお多勢さんと一緒なら、死んでもいいと思っているようだ」

品川が藤本に言った。おおかたの志士は帰り、今ここに残っているのは、久坂や伊勢久、それにさっき旅先から帰ってきた平田一門の元締めである三輪田綱一郎などである。空気は湿っぽくなり、皆最悪の事態が起こるようないやな予感がしていた。

「こない悪いのでは、松尾さまの伊那のお家へ知らせなあかんやろ思います」

伊勢久はよくものごとに気がつくので、そうした先のことを心配した。

「実は俺もそう思っていたのだが。どういうものですか、藤本さん」

品川が低い声で藤本に相談を持ちかけた。

「うん、早く手を打ったほうがいいと思う」

藤本はすぐに同意し、伊勢久に手配してくれるようにと頼んだ。

「すぐ麩屋町へ戻って、早飛脚(はやびきゃく)を立てるようにしますよってに。ご主人の松尾佐治(まつおさじ)右衛門(えもん)さま、長男の誠さま、次男の盈仲(みつなか)さまなどに早急に上洛くださるようお願いの文(ふみ)を持たせます」

伊勢久の手の打ち方は迅速であり、そのうえ実務に長(た)けているので抜け目がない。

「ならぬ。その必要はない」

突然長尾が怒鳴った。目が血走り、すごい形相をしている。

「長尾さま、何をお言いやす」

伊勢久も激しい口調で言い返した。これまでにも長尾のわがままや勝手さにはずいぶんと手を焼いてきている。多勢子の命の存亡がかかっているときに、またかと、伊勢久はうんざりした表情である。

「そないわけのわからんこと言うのは、やめにしておくれやす」

今はもう一刻も猶予している場合ではないと思い、伊勢久はとり合わずに外へ出ようとした。

「松尾さんは死にはせぬ。いや、死なせはせぬ」

長尾は弱った体をふり絞って気力だけで叫んだ。

「長尾さま、もしものことでもあれば、伊那にお知らせせせなんだわての落度になるのどす。何とか勘弁しておくれやす」

「この長尾の命と引き替えにしても、松尾さんを死なせはせぬ。それでも行くというのなら、この長尾を斬ってから行け」

伊勢久は冷えた目で見返し、長尾を無視したままで家を出ようとした。

長尾は、傍にあった刀を鷲づかみにし、よろよろと立ち上がって中身を抜いた。

「何をしますのや、長尾さま」

「斬る」

「こ、これは物騒な。斬るていったい」

「きさまを斬るのだ。さもなければ、この長尾の首を斬って行け」

「滅相もない。これは困ったことになりましたなあ。早う飛脚立てんことには、どないなことになりますやら」

　伊勢久は出るにも出られず、頭を抱えてまた坐り込んでしまった。

「長尾、気を鎮めろ。伊勢久さんは、京での松尾さんの身柄を預かっている人なのだ。万が一のことでもあれば、伊那の松尾家に対し申しわけが立たなくなる。伊勢久さんの立場も考えねばならぬのだ」

　品川はいつものようにゆったりとした喋り方で緊迫した事態を治めようとした。

「抜き身をひけ」

　藤本は逆に激しい口調で一喝した。藤本は首領格の器で、言葉数は少ないが、ひとたび叱責すると志士たちを震え上がらせるような威力を持っている。

　柔の品川と剛の藤本に抑えられて、長尾にひるむ様子が見られた。

「松尾さんが、松尾さんが生き返ったぞ」

　突然長尾が叫び、多勢子の枕もとに坐り込んだ。多勢子がうっすらと目を開けたのである。

「騒がしいので、目が、覚めましたよ」

　とぎれがちだったが、多勢子はそう言い、品川と目を合わせた。

「松尾さん」

す」

「お多勢さん」

志士たちは、口々に多勢子の名を呼んで、その枕もとをとり囲んだ。

「長尾さん、は、どうしました」

「ここにいますよ。お多勢さんの枕の近くに。見てやってください、助かったのです」

長尾に代わって品川が答えた。品川は長尾の背中を多勢子のほうに押してやった。

「よかったこと。早くみちさんに知らせてあげねばなりませんね。心配していると思いますよ」

まだ熱は下がりきってはいなかったが、危険な状態からは脱することができたようである。

「長尾の言うとおりだった。負けたよ」

品川は苦笑し、伊勢久も「瓢箪(ひょうたん)から駒が出るてこないなことどっしゃろか」と言って笑顔を見せた。

長尾はいきなり立ち上がると、さっきおさめた刀を再び抜き放ち、それで二度三度と空を切った。刀は凄まじい唸り声を上げ、志士たちの鼻先をかすめて躍った。

「何をするのだ長尾。気でも狂ったのか」

久坂が叫んだが、まるで耳に入らぬように真剣をふり回している。それから抜き身を下げたままで胸を張り、天井の一角を睨んで和歌を吟じた。

武士の　赤き心を　語りつつ　明くるや惜しき　春の夜の夢

多勢子の詠んだ和歌である。みるみる長尾の目から涙が溢れ、頬に糸を引いて流れ落ちた。

「武士の、赤き心を、語りつつ、明くるや惜しき、春の夜の夢」

ひとり、またひとり、志士たちは長尾が反復して繰り返す吟詠に加わって唱和した。

多勢子は目を閉じて聞いていた。その顔は、安らかに和んでいる。一夜明け、外には降るように眩しい陽光が溢れている。

久坂は志士たちから少し離れ、この光景をじっと見ていた。人間の絆というものは、馴れ親しむことによってだけ築かれるものではないらしい。もしかしたら、鎬を削る激しい争いの相剋を乗り越えて、初めて培われるものなのかもしれない。

自分も激しく生きねばならぬ、長尾のように。そうした思いにとらわれて久坂は黙然と坐っていた。

賢所参上

同志の手厚い看護によって、多勢子の傷は思っていたよりも早く快方に向かった。ただときどき、左腕に疼(うず)くような痛みの走ることがあった。しかしじっとしていられない性分の多勢子は、薬師の調合してくれた薬を塗りながらまた活動し始めた。大原重徳(しげとみ)卿、白川資訓(すけのり)卿などの公卿と勤王方志士との間に立って、多勢子はみそかごとについての連絡をたびたびとり継いだ。田舎くさい一老婆が尊王方の隠密であるなどと、幕府方でも気づいてはいないようである。志士たちと違って、多勢子は幕府の目を恐れずに自由に公卿方の家にも出入りすることができた。皇女和宮の降嫁の後、尊王方は攘夷から討幕へと変わっていた。そのために幕府の取り締まりもいっそう厳しさを増している。

そうした一日、伊勢久が多勢子の住んでいる借家を訪ねた。

「松尾さま、目に見えてようおなりになって、皆喜んでおります。ほんまに危ういところどした。運の強いお方やて思うとります」

「伊勢久さんには、特別にお世話になりました。刀自さまがお粥を炊いたりして繋ぐ運んでくださいました。皆さんのおかげで生き返ったようなものです。ありがとうございます」

「ところで松尾さま。うちの手代が商いの用で大坂へ行ってきました。何でも伊勢久の得意先の近くにいた婆さまとかで、取引先の家に、伊勢久を通してこれを京の松尾さまという方へ渡してほしいいうて来やはったそうどす。うちの手代がときどき行くのを知ってたようどす」

伊勢久は懐から袱紗にくるんだ細長いものをとり出した。

「まあ、式部さま」

袱紗を開いてみると、中は深い朱の色を湛えた珊瑚のかんざしであった。式部がいつも好んで髪に挿していたものである。

「で、式部さまは今どこに」

「それがはっきりしまへんのどす。とにかく無事でおりますよってに、くれぐれもよろしゅうにと、それだけどす。いずこへともなく発たれたて聞きました」

「そうでしたか。無事で京から出られたのですね。朝晩、念じて手を合わせておりました。これでやっと肩の荷がおりました」

文も添えてなかったのは、途中で見つかったりして、多勢子に迷惑がかかることを案じてのことであろう。多勢子は袱紗を畳んでその上にかんざしを載せ、前に蓮月からもらい床の間に飾ってあった亀形の香炉の横に置いた。

「式部さま、これをあなただと思って、大切にさせてもらいますね」

多勢子はかんざしを前にして言った。

式部はもう九十に近く、蓮月は七十歳半ばを過ぎている。それぞれに自分の信ずる道に徹し、身の危険にさらされながら生きてきた女たちである。多勢子は京での思い出がこもる二つの品を生涯大事にしたいと思った。

「実は松尾さま、ご快癒(かいゆ)を祝って、ささやかな宴席を設けたい思うとります。おいでやしておくれやす。お気遣いのないように、家内の手料理どすが、衣棚の志士方にも来てもろて一つ賑やかにやりまひょ」

「伊勢久さん、お気持ちは嬉しく思います。でもこのたびのことでは、ずいぶんとご迷惑をかけ、お世話になっています。これ以上大勢でうかがっては甘えすぎというものでしょう」

「伊勢久のほんの気持ちどすよってに受けておくれやす。そないに気い遣(つこ)てくれはるのなら、松尾さまのほかにひとりでもふたりでもお連れになるとええのやおへんか。長尾はんと、よう働いた大庭はんあたりどうどすやろ」

　伊勢久のたっての誘いである。多勢子は少し考え、やはり受けることにした。

「では伊勢久さんの仰せどおり、長尾さんと大庭さんとでうかがうことにいたします」

「受けてもろて伊勢久は嬉しゅおす。早速家内にも伝えます。どないに喜ぶことやら。ほな、わてはこれで帰らせてもらいます」

　店が忙しいようで、伊勢久は早々に帰っていった。

　大庭には傷が治るまでに一番世話になっている。動けないうちは、多勢子の洗い物まで引き受けて働いてくれた。

　だがこれまで多勢子は、大庭を心底から好きになることができなかった。人に妙に馴れなれしい態度をとり、顔色をうかがったりする。片づけものをしようとすると、横からさっと大庭の手が伸びて素早く始末してしまう。気が利きすぎて、こちらが気づまりになるのである。目から鼻に抜けるような利口さが、油断がならないという印象を多勢子に与えていた。

　しかし今は考えが違ってきている。大庭から受けた親身の看病が心に沁みていた。

十二月中旬、三人は伊勢久に招かれて出かけて行った。師走月は、商人にとって猫の手も借りたいほど忙しいというのに、伊勢久は多勢子たちを快く迎え入れた。夫妻は、鯛や海老などの豪華な祝い膳をととのえて待っていてくれた。

「このたびはほんまによろしおした。こうして松尾さまの無事なお姿見て、涙が出るほど嬉しゅおす」

刀自はまるで自分のことのように喜んでもてなしてくれた。

「伊勢久さんには、本当に心配をおかけいたしました。お礼の言いようもありません。そのうえ、こうしてお祝いまでしていただいて」

「そないに恐縮しはらんと、もっと気楽にやっておくれやす」

伊勢久は相変わらず腰が低く、ときおり見せる隠れ勤王志士の厳しさもきょうはすっかり影をひそめている。まず伊勢久が音頭をとって祝盃を上げた。

「きょうは無礼講にしておくれやす。若いおふた方にはぎょうさん上がってもらいます。めでたい席どすよってに」

真正直な長尾は嬉しさを隠すことができず、頬を紅潮させて坐っている。

「私が傷を負ったとき、長尾さんの心配は大変なものだったと聞きました。嬉しく思います」

多勢子は長尾の盃に酌をしてやった。二人の間のこだわりはすっかり消えている。

「松尾さんの働きで助かった命です。長尾は一度は死にました。このあと、尊王討幕のためなら、再び喜んで散ってゆくこともできます」

「何と長尾さま、めでたい席で散るなどと。人は生きていなあきまへん。大事を全うするためにも。そうどっしゃろ、松尾さま」

「はい。長尾さんはまだ若いのです。命は大切にしなければなりません。帝をないがしろにし驕り高ぶっている幕府は、やがて滅びていくことでしょう。天罰が下るのは必定と思います。ともに生きていて、御稜威の輝く新しい御代を見ねばならないのですよ」

「徳川幕府など明日にでもなくなってしまえばいいのだ」

長尾がいつもの調子で幕府を指弾したとき、大庭の箸がとまった。大庭の顔からはいつもの飄逸さが消えていた。

「ところで松尾さま、ここは何を言うても安心な方々ばかりどす。実は、平田銕胤さまが上洛しなはるて聞きましたのどす」

「それは思いがけないことを承りました。私は平田篤胤先生が亡くなってから入門しているのです。女婿の銕胤先生がその後を継がれたのですが、謙虚な先生はすべて先代の弟子として処遇されました。しかし私にとっては銕胤先生が直接の師になるのです」

「秋田藩の物頭としてのお役目でのご上洛やて聞いとりますが、幕府では平田学を敵対する学問として睨んでますのや。平田学を修めた人は、皆尊王の働きに挺身しますよってに」

藩命をいただいての上洛であれば銕胤の都入りを大声で語ってもいいと思うのであるが、幕府はとにかく平田一門を目の敵にしているので、伊勢久はあたりを憚って話すのである。

大庭はまた箸を動かしたが、目立って寡黙になった。伊勢久と多勢子のやりとりを注意深く聞いているけれども、自分のほうから発言しようとはしなかった。

「錦小路柳馬場にお住まいを定められるとか」

「そうですか。平田先生が着京なされば、一門もいっそう意気軒昂になると思います。討幕の活動も、さらに活発になるのではないでしょうか」

先代の篤胤は激しく儒学批判をし、尊王の宣揚をしたために幕府に憎まれ、著書『天朝無窮暦』の無断開板を咎められて秋田に追放された。さらに天保二年にはいっさいの著述を差しとめられ、篤胤はその二年後に没している。平田学は一時下火になったようにみえた。しかし二代目の銕胤は穏健で篤胤のような過激さを持ち合わせていなかったので幕府もやや手をゆるめ、この間に再び弟子はふえていった。銕胤が都に住むようになれば、諸藩の武士もその門を叩き、平田学はさらに広まると思われるのである。

師の銕胤を囲んで、一門の三輪田綱一郎や師岡正胤、それに角田忠行、中島錫胤、丸山作楽、権田直助などが集い、血の滾るような激論をたたかわす、その光景を想像するだけでも楽しいことであった。

「私も平田銕胤先生にはお目にかかりたい。お出かけのときには、ぜひ同道させてください」

黙々と食べているだけだった大庭が、多勢子に銕胤への会見を頼み込んだ。会津藩脱藩者の大庭は平田学の門下生ではない。衣棚の家に寝泊まりしていても、平田銕胤とは一面識もないのである。

「いいですとも。大庭さんも一緒に参りましょう。銕胤先生は人柄のいい心の広い方です。快く受け容れてくださることと思います」

多勢子は大庭の申し出を素直に受けて約束をした。さっきまでとはうって変わって、大庭は熱心に話し出した。京における主要門下生の名前、信濃に多いといわれている平田一門の数などを多勢子に質問した。話題が変わっても、大庭はまた平田一門のことに話を戻してしまう。ついに、伊勢久が染物のかたわら扱っている平田学の書籍類の毎月の売上げ数などまで尋ねた。異常なほどの関心の持ち方である。しかし商人の伊勢久は店で商っている書籍については、手の内を見せずにお茶を濁した。

「大庭はんはご酒が入ると面白うなりますな。このまま浪士にしておくのはもったいないのやないかて思います。長尾さまはまた、商人の出やいうのに、ちっとも商売には興味がないようどす。お二人は入れかわって、大庭はんには店張らして、商いでもしてもろたらええわ」

伊勢久はこんなたわいのないことを言って、店の秘密を最後まで隠しとおした。そして大庭に酒を勧めて盃を重ねさせ、お開きにした。

帰途、大庭はめっきり饒舌になって、多勢子に馴れなれしく話しかけた。多勢子は以前に感じていた大庭への嫌悪感が、再び頭をもたげてくるのを覚えた。大庭は足もとがかなりふらついている。それを長尾が支えたが、長尾も酔っていて機嫌がよかった。

多勢子はふと心に浮かんだ大庭に関する不安を、自ら打ち消して家路についた。こんな思いになることは、せっかくの伊勢久の好意を無にするような気がしたからである。

次の日の夕方、福羽美静が前ぶれなしでやってきた。

「今、御所を退出して、真直ぐに伺ったところです。一度家へ帰り、出直してこようかと思ったのだが、大事なお話なので直行しました」

帝に進講申し上げた帰途というので、福羽は紋服に袴姿の正装である。狭い借家の半間足らずの床の間を背にし、両手を膝の上に載せて正座した。

「松尾さん、この間は命をかけてのご奉公、誠にご苦労さまでした。天皇毒殺の企み、早速御所に参上して申し上げました」

「いささかでもお役に立ち、光栄に存じます。帝がご安泰であらせられますよう、天の加護が働いたとしか思えません。私の力など小さいものです」

「宮中ではすぐに帝のお身の回りに、最も信頼できる監視役を置き、万が一に備えたということです。特にお筆への鴆毒塗布の件については、帝がお書き遊ばす直前にお運び申し上げる手筈になったとか、万全の策がとられるとの仰せがありました。本日、ご進講申し上げたあとでうかがって参ったのです」

「それは喜ばしいことでございます」

「賢所では松尾さんのことを、帝のお命にかかわった恩人と申され、ぜひとも年が明けたら、宮中のお節会にお招きしたいというのです」

「この私を宮中に」

さすが物に動じない多勢子も、福羽の申し出には耳を疑った。尊王のためには身を惜しまずに尽くしたいと思って上洛したのであるが、このたびの働きの報いとして賢所からの招きを受けたのである。

「福羽さま、それは誠でございますか」

「間違いはござらぬ。何で私が虚言など申しましょう」

「ありがたいことです」

「もしかしたら、当日はご竜顔を拝する栄に浴せられるかもしれません」

「何ともったいないことを。伊那の家族が知ったら、どんなにか喜ぶことでしょう」

「これについては追って知らせがあると思います。詳細については後ほどに」

福羽もよほど嬉しかったとみえ、終始笑顔を絶やさなかった。多勢子はめでたい日にちなんで、茶ではなく桜湯を出した。

「ほう、いい香りですな」

白湯の中で、桜の塩漬けが一輪花を咲かせている。ほんのりとした塩味が、饅頭などの菓子によく合うので、多勢子は伊那でも愛用していたのである。

「福羽さま、この私にとりまして、きょうはとてもよい日になりました。それに不思議ですね。さっき伊勢久さんからお裾分けだといって、紅白の饅頭が届いているのです」

「それはありがたい。拙者の好物でもあるのです」

酒を嗜まぬ福羽は、うまそうに紅白の饅頭を一つずつ食べた。福羽は桜湯を飲み、そう長居をせずに帰っていった。

多勢子はすぐに郷里の松尾家に文を書こうとも思ったが、賢所に参上してからのほうがいいのではないかと考え直して筆をとらなかった。事前に賢所参上の噂が広まったりしてはまずいと考えて自重した。

しかし内心では喜びのために浮き立つ思いであった。当日はどんな服装で参上申し上げるべきか、女の多勢子はまずそうしたことが気になった。隠密役で上洛したために、多勢子には上等の着物の持ち合わせがなくて困った。これまで公卿家に伺候したときにも、伊勢久の妻から紋服の借り着をして行ったのである。

こういうことは早めに手配しなければならないと思い、多勢子は福羽の妻女とねに相談することにした。早速次の日、福羽の家へ出かけていった。

中一日をおいて、とねは多勢子の所へ返事を持ってやってきた。とねは痩せていて色が浅黒く、顔にはいっさい白粉の気がなく髪も詰めて結い、地味につくっている。

「きのう福羽は御所に参上いたしました。松尾さまからお申し越しの、お節会出席服飾の儀について、宮中呉服所の宇郷大部さまに伺いを立てましてございます。格別の準備はなさらずとも、すべて呉服所にてご貸与申し上げますゆえ、身を清め、平常の着服にて参上つかまつるようにとの仰せでございます」

とねは要点をはずさずに、福羽からの伝言をつたえた。

「かたじけなく存じます。種々ご配慮いただきありがとうございます」

無理をして着飾っていっても、宮中のしきたりに合わなければおそらく礼を失することになろう。普段着で参上するというわけにはいかないであろうが、特別に誂えて着物を新調することはやめにした。

年が明け、文久三年一月十六日、いよいよ御所参上の日になった。いつもは寒さの厳しい季節なのに、京の町には例年よりも早く春の気配が漂っている。多勢子は御所から回された駕籠に乗って賢所へ向かった。

御所ではまず内侍所に通されて、呉服所の上﨟宇郷大部へのお目通りがあった。その後で、多勢子は宇郷大部局内の初枝という女官に引き合わされた。

「松尾さま、本日はようこそお越しくださいました。早速お支度にかからせていただきましょう」

初枝(はつえ)という女官の磊落(らいらく)な人柄は、緊張し硬くなっていた多勢子の気持ちを少し楽にしてくれた。女官の使う湯殿で湯浴(ゆあ)みをして身を浄め、髪を結い直し、丹念に薄化粧もほどこしてもらった。

「さて、松尾さまにはどんなお召し物がお似合いになりましょうか。こちらへ渡ってご覧遊ばしてくださりませ」

初枝は、多勢子を呉服所の奥の間に連れていった。

「これはこれは、ずいぶん見事な打掛けがこんなにたくさんに」

「はい、松尾さまのお歳のころをうかがいまして、数ある中から一日がかりで選び出してみたのです。お気に召すものがあるとよろしいのですが」

板敷きの広い部屋に十領近い打掛けが両袖を広げ衣桁(いこう)に懸けてある。西陣織や友禅(ゆうぜん)染(ぞめ)の豪華絢爛(ごうかけんらん)な衣装ばかりであった。

「この中からお好みのをお召しになってみてください」

初枝は一枚ずつ衣桁からはずして、多勢子の肩にかけてみた。

「あの、松の総模様のがとてもよくお似合いになるようです」

ひととおり検分がすむと、初枝は中ほどに懸かっている打掛けに目をやった。

「私もそう思っていたのです。松は花と違って地味なように見えますが、品のあるめでたい木です。どっしりとした風格も感じられる打掛けのように思います」

初枝と多勢子の意見は一致し、松の打掛け姿でお節会に出させていただくことになった。打掛けの下は上等の白無垢の着物である。初枝がきょうのために特別に縫わせ、まだ一度も手が通されていない新品であった。

「よくお似合いになりますこと」

痩せぎすで恰好のいい多勢子は、衣装をつけると一段と見栄えがした。

「では松尾さま、控えの間にお通しいたしますので、そこでしばらくお待ちくださ い」

打掛けの裾を引き、廊下を渡って庭に面した一室に案内された。しばらく経って、再び初枝が現われた。

「これより紫宸殿へ。ここからのご案内は、宇郷大部さまが申し上げます」

上臈宇郷大部の先導によって、多勢子は内裏へ参内することになった。内裏への参内は初めてで身の引き締まる思いである。しかも玉座近くに坐し、踏歌の節会を拝見するのである。

数カ月前、信濃を後に都に上ったときには想像すらできなかったことが、今現実になろうとしている。粗相なくご竜顔拝謁がかないますように、多勢子は心の中でそう念じた。

お節会には天皇が出御され、群臣に酒饌（しゅせん）を賜るという朝廷の習わしがある。数ある公事の中で、きょう多勢子が招かれたのは踏歌の節会である。この日には歌の巧みな男女が召されて年始の祝詞（のりと）を歌って舞をまう。主上は紫宸殿から近く天覧され、五位以上の者を召して宴を賜ることになっていた。宮中での重要な年頭行事の一つなのである。多勢子は、正従五位以上の群臣と同列の待遇に処されたのであった。

紫宸殿の前庭は掃き清められて塵（ちり）一つなく、そこに踏歌観覧の席が設けられている。ときどき囀（さえず）る鳥の声のほかには音もなく、前庭は静まり返って荘厳（そうごん）な気に満ちていた。玉座に向かい右手に左近の桜、左手には右近の橘（たちばな）が植えてある。多勢子はこれまで聞いていた光景を、現に目の当たりにして席に着いた。

紫宸殿の御簾（みす）の向こうの玉座に、天皇がお出ましになった気配がした。

「松尾多勢子どの、これへ」

まず初めに側近からの呼び出しがあり、多勢子は予期しない事態に戸惑った。

「松尾どの、これへ」

再び名前が呼ばれ、多勢子は観覧の席を立って下りると、玉座前の階（きざはし）の下に進んだ。

両手を突き、紫宸殿の前にひれ伏した。

「帝がもっと近うと仰せでいらせられまするぞ」

「は、はい」

多勢子は紫宸殿の階を上がった。目の前に御簾が垂れ、その向こうに朧げに帝のお姿が拝せられる。多勢子は南廊下の縁に坐って深く頭を下げた。

「『このたびのそちの働き、見事であった』との仰せにてござりまする」

孝明帝のお褒めの言葉が、側近の口から伝えられた。

「ありがたき仕合わせに存じます。大内の弥栄を寿ぎ奉り、この後も御稜威ご繁栄のために働かせていただく所存にございます」

喉の渇きを覚え、声の調子が少し上ずったが、逸る気持ちを抑えて多勢子はしっかりと答えた。

「『きょうはゆるりとして参れ』とのありがたきお言葉にてござりまする」

「はい、誠に恭悦至極に存じます」

他に群臣の中で玉音を賜った者はなく、多勢子ひとりだけである。無位の百姓女が宮中に召され、拝謁の栄に浴したのは異例のことであった。

「退がってよろしい」

多勢子が観覧席に戻るのを待つようにして踏歌が始まった。男踏歌は前日に終わっていて、この十六日は女だけの女踏歌と呼ばれる儀式である。唐詩や催馬楽に合わせて足を踏み鳴らして舞をまう。それは優雅でありながらあら玉の年を迎える歓びと活力に満ちたものでもあった。多勢子はしばらくの間、世俗を忘れて舞に見入っていた。

お節会が終わると、宇郷大部は多勢子を伴い、御所の中を案内して回った。帝じきじきのお達しなのだという。清涼殿、小御所、新書院、御宝殿、お庭、御洗水、御梅林、鶴飼いの庭などを拝見することができた。庭では梅が盛りであった。御所に参上できる福羽でさえ入ったことのない奥へ、宇郷大部は多勢子を連れていった。特に帝の御殿まで拝謁させていただいたときには、名状しがたい感動で身の震えるような思いであった。

そのあと、宇郷大部の局でもてなされ、赤御飯と御酒を戴いて歓談し、多勢子は御所を退出した。終日を御所で過ごし、家に帰ったのはもう亥の刻（午後十時）に近いころである。

多勢子は感動の醒めぬうちにと思い、日記に、きょう一日のことを認め、そして末尾に二首の和歌を添えた。

春の夜の　夢か現(うつつ)か　賤(しづ)の女(め)の　雲井をかける　けふの粧(よそ)ひは

身にしめて　千世もあせまし　弥(いや)高き　けふ九重に　匂ふ梅香(うめがか)

明日は早速伊那の松尾の家に文を書かねばならない。多勢子はそう思いながら筆をおいた。

対立

大内に参内したことや孝明天皇の拝謁をいただいたことなどを、多勢子は衣棚の志士たちに伝えたいと思った。まず初めに福羽の家に寄って、宮中に招かれた礼などを述べ、それから衣棚の家に向かった。着いてみるといつもと違い、異様な雰囲気に包まれている。

「やあ、松尾さん、久しぶり。長州へ行っていたのです。すぐ帰るはずだったのが遅くなって、一昨日帰ってきたところです」

世良が戸口に立っている多勢子を見つけて挨拶をした。

「世良さん、上洛したときあなたに案内してもらって奥嵯峨を歩きました。あれがとても役に立ちました。あなたが怪しいと睨んでいたように、あの辺の山荘で幕府方が寄り合い、密議を凝らしていたのです」

「さっき、松尾さんを先頭に討ち入りしたときの武勇伝を聞かせてもらったばかりだ。

それで傷のほうはもうよろしいのかな」

「九死に一生を得たというのは、あのことかもしれません。これからしなければならないことがあって、命が助かったように思えてなりません。おかげですっかり元気になりました」

「松尾さん、早く上がってください。おいみんな、松尾さんにも聞いてもらおうではないか」

世良は、不機嫌な顔で坐っている志士たちに声をかけた。平田学は長州藩にまで広がっていて、入門者をふやしているが、世良はそのなかでも最古参の門下生である。品川や久坂はよくここにやってくるが入門はしていない。

「どなたもどうしてそう怖い顔をしているのですか」

多勢子は、自分の話したいことが喉もとまできているのに言い出せなくなった。孝明天皇のご竜顔を拝したというめでたいことを切り出せるような雰囲気ではないのである。こんなときに賢所のことを話すのは畏れ多いことである。

衣棚志士団の中で首領格に当たる三輪田綱一郎が、輪の中心に胡坐(あぐら)をかいて坐っている。その隣に大庭恭平がいて、何か言い争いでもしていたようである。

「大庭、お前がしようとしているのは、児戯(じぎ)にも等しい馬鹿げたことなのだ。もう一度よく考えてみろ」

　三輪田は冷静に、大庭を諭すようにして言った。

「こんな計画を知ったら、平田銕胤先生がどう思われるか、よもや賛成はすまい。しかしどうしてもやりたいと言うのなら、まず先生に相談申し上げたいのだ。われわれの行動は、慎重に起こさねばならんのだ」

「俺も三輪田さんの考えに賛成だ。そんな行為は断じてやめるべきだ。先生に相談するとかしないとかの問題ではなかろう。第一、多忙な先生をこんなことで煩（わずら）わしては申しわけが立たん」

　大庭が何かをしようと企んでいる。それに三輪田が反対し、世良も三輪田の肩を持っていて同じ考えのようである。

「俺は長州から帰り挨拶をするために、きのう錦小路におられる平田先生の所に伺った。先生は近々、御室（おむろ）へ転居なさるということだ。もう引っ越しの準備をしておられた」

　世良も何とかして、大庭を思い留まらせようとしているようである。

「初めから先生に相談するつもりなどない。決行あるのみだ。それに俺は、会津藩脱藩者なので、根からの平田一門とは違うのだ。いちいち先生の指示を受けるつもりはない」

大庭は何を言われても聞く耳を持たず強情を張っている。

「さっきから、しきりに決行、決行と言っていますが、いったい何をしようというのですか、大庭さん」

多勢子が訊いたことに、世良が答えた。

「等持院を急襲しようというのです」

「等持院を。何のために」

「幕府への見せしめに、中にある木像の首を斬って梟首しようというのです。大庭がそれを煽動している」

三輪田は思慮が深く、平田一門の「良心」ともいわれている男である。困惑したように顔を顰めた。

「大庭さんらしくないですね。あなたはいつも陰で、皆さんの暮らしを支えるために働いてくれました。そうした激しいこととの先頭に立つ人とは思えないのですが」

と多勢子は言った。

大庭がしようとしていることには納得できないふしがある。なぜ急に、そうしたことを言い出したのか、多勢子には疑問に思えた。

「幕府への見せしめと言っても、等持院にあるのは足利歴代の木像なのではありませんか。徳川幕府と関わりはないと思います」

「われらには、足利も徳川も幕府であることに変わりはない。天に代わって誅戮を下すのだ」

大庭は、多勢子の問いの要には答えようとせずに、声を張り上げて力んでいる。

「さっきから言っておるのだが、木像の首を斬って晒してみたところで何になる。無駄骨を折るだけだ」

三輪田は懲りずに幾度もやめさせようとして大庭を諫めた。

「三輪田さん、あなたはいつも理屈ばかり言っていて動こうとしない人だ。自分の手を汚さずに何ができるというのか。梟首は、断固決行する。賛同する者は名乗り出てほしい」

賛成する者などあるまい、そう考えた多勢子の予想は覆された。

「大庭に賛同する。われわれも天誅の嵐を起こすのだ」

長尾が第一に名乗って出た。幕府方に捕らえられ衰弱していた体も快復し、活力が出てきている。

「ほかには」

「俺もやる。等持院木像梟首に賛成」

次に平田一門の師岡正胤が手を上げた。年齢は三十代半ば、以前には江戸で薬師をしていたといわれている。さらに角田(つのだ)忠行、高松信行、小室信夫(こむろしのぶ)、青柳高鞆(あおやぎたかとも)らが続き、等持院急襲への加担を誓った。いずれも信濃、丹波、下総(しもうさ)の国から志を立てて上洛した一級の平田門下生ばかりである。阻止しようとしても、もう留めようのない流れができていることを多勢子は知らねばならなかった。

「大人げないことはおやめなさい。私はいつも自分に、若い人たちの歯止めになるようにと言い聞かせてきたつもりです。冷静に考えてください」

なりゆきからみて無駄かもしれないと思ったが、多勢子はそれでも諫言(かんげん)するのをやめなかった。岩倉具視卿が佐幕派ではなかったことを確かめた業績、孝明天皇毒殺の聞き込みなどで、今志士たちは多勢子に畏敬(いけい)の念すら抱き、たいていなら言うことを聞いてくれる。しかし今度に限って、多勢子の意見に従おうとする者はいなかった。ほとんどが押し黙り、陰湿な表情で上目づかいに多勢子や三輪田を見ている。

「断固決行だ」

長尾も大庭と同じ言葉を叫んだ。角田も勢い込んで立ち上がり、もう一度賛意を表明した。

「等持院へ行ってくる」

すぐさま、ひとりででも決行しかねない勢いで長尾が出かけようとした。

「これ、長尾さん、お待ちなさい」

多勢子は呼びとめた。

「心配ご無用。下見に行ってくるだけです」

長尾が答えた。

「俺もついていく」

角田が長尾の後を追った。

「お待ちなさい、二人とも」

多勢子も走って出て二人を追い抜き、その前に立ちはだかった。

「三輪田さんの言うとおりです。理不尽な行動は慎まねばなりません」

狭い道に、通せんぼうでもするように多勢子は両足を踏んばって立った。

「でも、行かねばならない」

「長尾さん、あなたは私に、この後はずっと言うことを聞いて従うと誓ったではありませんか」

「今度だけは行かせてもらわねばならんのだ」

そう言いながらも、長尾の態度はしだいに弱くなっている。多勢子にはどうしても頭の上がらぬ負い目を持っている。

「ごめん」

長尾と多勢子がやり合っている隙を突いて角田が走り出した。

「角田さん、あなたもですよ」

正面切って言い合いをしてみてもとても松尾さんにはかなわない。角田はそうわきまえていて、一つ咳払(せきばら)いをし、両腕を広げて行かせまいとする多勢子の脇の下をするりとくぐって逃げた。

「長尾さん、ここから帰るのですよ。いいですね。あなたは今も幕府方に狙われている身なのです。気をつけねばなりません」

長尾は執拗(しつよう)に説教されて、その場からすごすごと引き返した。結局は命がけで救ってくれた多勢子のことを思うと、長尾も逆らうわけにはいかないのである。角田はひとりで等持院へ向かったようであった。

途中角田の姿が見えはせぬかと気をつけて歩いたが、とうとう等持院に着くまで見つけることはできなかった。寺の外門を入ると、道は左側へ緩く弧を描いて蛇行し、その先にさらに内門がある。質朴でどっしりとした玄関は、足利幕府累代(るいだい)の霊を祀(まつ)るのにふさわしく風格のある構えであった。

入口に貼られた由来書を見ると、臨済宗の寺で、創建についての記載はなく足利尊氏によって再興されたものと書いてある。中興の祖は疎石で、この人は夢窓国師の別名で造園家としても高名で、この等持院の庭もその手で造成されたものであるという。

角田は履物を脱ぎ、無断で寺に上がろうとしていたが、ちょうどその場に多勢子が来合わせた。

「もし、お客人、拝観料もらいますよってに」

誰もいないと思ったのに、脇の小部屋から寺僧が現われて角田は拝観料を請求された。

「代金だと。そんなものは払えん。われらが仇敵、足利幕府の木像ごときを見るのに、何で金など払わねばならぬのだ」

「二杖頭（二百文）お賽銭払うてもらうことになってますのや。きょうは遅うなって、時刻外の開帳どす。拝観料もらわんことにはお断りしますわ」

「金は払わずに見る。開帳せぬというのならいたしかたあるまい。戸を壊しても闖入する」

角田は強引に自分の主張を押し通そうとした。

「そないなこと言うて、よろしゅうおすのか。仏さんの罰が当たりまっせ」

さすがに寺僧も腹に据えかねたようである。憮然として言い返した。

「はい四百文、二人分です。受けとってください」

多勢子は財布から銭を出して払った。

「松尾さん、余計なことはしないでください」

まだ文句を言いそうな角田の背中を押し、多勢子は木像の安置されている霊光殿への矢印に従って廊下を渡っていった。

「角田さん、あなたにだけただで見せるわけにはいかないでしょう。理に合わないことを言うものではありませんよ」

「逆賊の醜像を見るというのに、賽銭など払う馬鹿はない」

角田はまだ我を張ろうとしたが、銭を受けとった寺僧は穏やかになり、霊光殿と書いた額の掛かっている堂の鍵をはずして去った。中は灯明も消えていて薄暗い。入口からの光は奥まで届かず、左右に並んでいる歴代の将軍像の顔の判別もはっきりとしない。

角田は入口近くに火打ち石を見つけ、燭台の蝋燭に火を点しそれを手にして回った。

左側の奥から、初代等持院殿尊氏、二代宝篋院殿義詮、三代鹿苑院殿義満の順に安置されている。どういうわけか五代目と十代目とが抜けていて、十五代目の霊陽院殿義昭の像で終わっているが、これらが左右にふり分けられ対座して並び、真ん中は通路になっている。木像はいずれも座像であった。

「松尾さん、この堂の中にわれわれ志士は何人ぐらい入れると思いますか」

「入ろうと思えば、二、三十人は入れるでしょうが」

　ここまで来たからには、角田の気のすむようにさせ、無事に連れて帰るしかないと多勢子は腹をきめた。

「三十人も入ったのでは身動きがとれなくなる。それぞれが十分に動けるようにするためには」

「十人ぐらいがいいところでしょう」

　角田は志士の数をかぞえ上げてみた。自分と長尾と、ほかにきょう衣棚に居合わせて同意した志士たちを合わせるとほぼそれに近い数になる。よし、この九人で決行だ。角田は口には出さなかったが心ひそかに決意をした。

　矢立てから筆をとり出し、角田は紙に霊光殿の木像の位置を書いていった。木像は近くで見るとそれぞれに特異の表情をもって並んでいる。初代尊氏の像は、鼻下に蓄えた髭が一本ずつ克明に彫刻されている。見開いた大きな眼の、目尻が極端に垂れ下がっているのが特徴である。二代義詮の場合は、鼻筋の通った端正な顔立ちで、整いすぎた表情がいかにも造り物らしい感じがする。三代目の義満は眉をひそめ、顔が上向きで物に驚いてでもいるような飄逸さがあった。

角田は、歴代の木像の位置を図を交(ま)じえながらさらさらと書き込んだ。

「角田さん、せっかく来たのですから庭も見せてもらうことにしましょうよ」

「松尾さんも面白い人だな。人にはあんなに行くなと言っておきながら」

「そうなのです。でも来たからには、少しでも得をして帰ろうと思うのです。この寺の庭は名園だと聞いていますから」

角田は筆と紙をしまい、霊光殿から方丈(ほうじょう)のほうへ戻った。鶯(うぐいす)張りの廊下が歩くたびに、鳥の啼(な)き声のような音を上げた。角田は、夜忍んでくるときにはこの廊下を通らないようにしなければならないと思った。

方丈からいったん玄関の板の間に出た。その奥は床の間つきの広い座敷になっている。方丈と座敷が鍵形に繋がり、その向こうに広々とした庭園が見えた。奥の小高い場所に茅葺きの小屋(しょうおく)が建っている。

「角田さん、あれが清漣亭(せいれんてい)という茶室のようです。雅趣(がしゅ)のある名をつけたと思いませんか。八代足利将軍義政(よしまさ)公好みの庵と聞きました」

角田はほとんど関心を示さない。さっき書いた霊光殿の図を懐からとり出して見入ったりしている。その様子から木像梟首の決行をすることは間違いなさそうである。多勢子は時を稼いで、何とかして阻止するしかないと思った。

縁の下に草履が脱ぎ捨ててある。多勢子はそれを履いて庭に下りてみた。清漣亭への道を登っていった。庭は隅々まで手が届き、庭木の一本一本も丹念に刈り込まれている。真ん中に芙蓉池があり、池の中に蓬莱島（ほうらいじま）という島がある。多勢子はさっきもらった説明の書を手にして見て回った。何ごとについても好奇心が強い性格は、幼時から少しも変わっていないのである。

「ゆっくりしていってください。先に帰ります」

下見という目的を達した角田は、長居は無用とばかり多勢子に背を向けた。

「待ってください。角田さんが帰るのなら私もそうします」

庭の飛石を器用に渡って戻り、多勢子は履物を脱いで縁に上がった。

木像梟首（きょうしゅ）事件

文久三年二月二十二日、前夜から降り始めた雨はまだ続いていてやみそうにもなかった。多勢子は角田と等持院に行った日から、特に衣棚志士団の動きには気をつけていた。木像梟首に反対する気持ちに、依然として変わりはない。

しかし三輪田と多勢子の二人を除外して、一門の結束は梟首決行の方向へと一つに束ねられていた。二十二日に決行と洩（も）れ聞くと、多勢子は志士たちのいる衣棚の家へ出かけていった。平田一門は前から幕府に目をつけられている。木像梟首などによって力を誇示しようとすることは、幕府方に捕縛のためのいい口実を与えることになろう。やるならばもっと実のある行動をしたほうがいい。このたびの計画は、多勢子にはどうしても愚挙（ぐきょ）に思われてならない。

そして大庭恭平が企みを煽動しているということも気になった。品川や久坂などは初めから決行の人員からは除外されている。

多勢子が衣棚に着いたとき、三輪田が最後の説得をして決行をやめさせようとしていた。

「どうしても行くのか」

家には、三輪田のほかに九人の志士たちがいた。皆出かけるための支度にとりかかっている。

「きめたことだ。決行に変わりはない」

以前にも多勢子にとめられていた長尾が、迷わずに三輪田の問いに答えた。三輪田は粘り強い性分なので、二度や三度の失敗で引き退がるようなことはしない。天下国家を動かすといっても、そのやり方は理にかなったものでなければならない。三輪田が主張するのはいつもそうした正論である。

「われらの討幕という目的に間違いはないのだ。三輪田さんのようにそうなまぬるい考えでは、何ごとも成就させることはできない。目的が正しければ手段など選ばぬのが風雲騒乱の世のつねなのではないか」

熱情家の長尾は、梟首決行を直前にして熱っぽい語り口で話した。長尾と三輪田とが火花を散らすような言い争いをしている脇で、角田は黙々と刀の手入れをしていた。

「長尾さん、三輪田さんは平田一門の行く末を考えて阻止しようとしているのだと思います。今、事を起こせば、一門は幕府によって壊滅の状態にまで追い込まれるかもしれないのですよ」

　多勢子もじっとしていられなくなって口を挟んだ。

「壊滅などと、軽々しくそんなことを言っては困る。幕府、幕府と恐れているようだが、第一この計画が幕府方に知られるわけがない。われらの結束は固く、外に洩れるはずはない」

「幕府を恐れるというよりも、無駄(むだ)なことはしない、私はそんな賢明な生き方をしてほしいと思うのです。それに若い人は、あまりにも命を粗末に考えています」

「松尾さんは、無駄なことはするなと言う。しかし何もせずに生き永らえたところで何になるのか。人生たかが五十年、あと百年も経たずして、生きている人は皆死んでしまう。人生たかが五十年」

　長尾はまるで憑(つ)かれたように空(くう)の一点を見つめて言った。多勢子の言(げん)を聞いていても、心はまるでここにないといったふうである。

「大義名分も大事かもしれません。人間は皆そのために死んでいくのです。でも長尾さん、あなたにはみちさんがいるのですよ。そしてお子が生まれるのです。無謀なことをしてはなりません」

長尾の頬がぴくりと動いた。しかし長尾は答えなかった。

「武士の、赤き心を語りつつ、明くるや惜しき、春の夜の夢」

返事のかわりに長尾は、多勢子の詠んだ和歌を声高く誦した。多勢子が深手を負ったとき長尾が枕辺で吟じ、志士たちが次々と唱和した歌であった。長尾にとっては、今の自分の心境にぴったりの歌なのである。

「松尾さん、刻限が迫っている。何のかんのと言うのはもう遅い。では行ってくる」

長尾は蓑と笠を手にとった。角田も刀を脇に差し、蓑を身につけた。大庭恭平と他の志士たちも、それぞれ無言で等持院へ出立する支度にとりかかった。

雨脚はいっこうに衰えず、さらに激しさを増している。志士たちの行動にとっては、この悪天候がかえって隠れ蓑になるようにも思われた。多勢子も着物の裾をからげて支度をした。

「松尾さん、いったいどこへ行こうというのですか」

角田が不審げな面持ちで尋ねた。

「等持院へ。きまっているではありませんか。私も行くのです」

「寺にまでついてきて、まだ反対するというのですか」

長尾が激しく詰め寄った。

「いいえ、もう反対はしません。心配だからついて行くのです。見張り役ぐらいはつとまるでしょうよ。この前、角田さんと一緒に等持院の様子はよく見てきていますから」

「松尾さん」

志士たちは多勢子の豹変ぶりに驚いて呆気にとられた。

「いいんです。どこまでもあなた方と一緒です。たとえ婆になっても、ひとかけらぐらいの『赤い心』は残っています」

そう言って多勢子は笑った。人の心を惹きつけずにはおかないような、いつものように邪気のない笑顔である。

「私だって、生きて信濃に帰れるなどとは思っていません」

そこまではっきり言われると、もう同道を拒もうとする者はなかった。

「では行くぞ」

角田と長尾が先頭に立ち、他の志士たちが続いて雨の中に飛び出した。多勢子を除き九人のうち七人までが平田門下生、あとの二人大庭恭平と長沢真事は元会津藩士である。幕府方についている会津藩の浪士がなぜこの衣棚に入り込んで来ているのか、考えてみれば不思議なことである。

「松尾さん、拙者もお供つかまつる」

駆け出そうとする多勢子の背中に向かって三輪田が叫んだ。

「三輪田さん、あなたは最後までやめさせようとしました。その考えは正しいと思います。行けば巻き添えを食うことになりますよ。おやめなさい」

「それでは松尾さん、あなたはなぜ危険を冒してまで行こうとするのか」

「きまっているじゃありませんか。母親というものは、地獄へ落ちていく子供をじっと見ているわけにはいかないのです。ともに行かねばなりません。私にとっては、皆かわいい子供なのですから」

多勢子は迷わずにそう答えた。

「拙者も自分だけが助かりたいなどと、卑劣なことを思ってはおらん。行きますぞ」

三輪田は蓑をつけず土砂降りの中に出て、一行の後を追った。

激雨は飛礫（つぶて）となって多勢子や志士たちを襲った。槍（やり）でなぞられているように顔が痛かった。志士団は一つの塊（かたまり）となって雨の衝立（ついたて）の中を突破していった。

ふと多勢子の脳裡に、ふるさとの山河が浮かんだ。夫の佐治右衛門、子の誠や盈仲（みつなか）、そして嫁の多美子（たみこ）や孫の田鶴子（たづこ）はどうしているだろうか。一瞬肉親の情が多勢子の足を鈍らせそうになった。が、その思いをふり切って先を急いだ。

等持院の門を入り霊光殿に着いたとき、扉はすでに大きく打ち破られていた。九人の志士は、それぞれ木像に群がって首を斬ろうとしている。雨が物音をかき消し、寺は気づいていないようである。

長尾と大庭が燭台を手にして堂の中の通路に立っている。蠟燭の明かりは歴代将軍の座像の影を大きく壁に映し出し、それは生き物のように揺らめいた。

多勢子と三輪田は、扉の傍に立って注意深く周りに気を配った。なにとぞ見つかりませんように、多勢子は必死に念じていた。

九人のうち二人の手が明かりを点すために塞(ふさ)がっている。像の数はしめて十四体、残り七人の志士で二体ずつの首を斬らねばならないことになる。木像の斬首は、思っていたよりも木地が硬くて困難をきわめた。まるで首に鉄の芯棒(しんぼう)でも通っているような手応えである。

長尾の顔に特に焦りの色が見えた。持っていた燭台(しょくだい)を他の志士に渡すと、鋸(のこぎり)をとり木像の首根を二度三度と挽いてみたが鈍重な抵抗があるだけで、首は転げ落ちもせず胴体についたままである。なかには鋸の歯が木に食い込んで動かなくなってしまい、閉口している志士もあった。

「早くしろ、早くせんと見つかるぞ」

見張っている三輪田はやたらに叫んでいるが、そう簡単にはいかないのである。

「首を斬るのはおやめなさい。抜くのです。この首は、きっと差し込みになっているに違いありません」

多勢子が見抜いて命ずると、初代尊氏の首を二人の志士が抱え、渾身の力で引き上げた。首はぎしぎしと音を立て、きしみながら抜けた。

「やった、やったぞ」

歓声を上げ、志士たちはどよめいた。

「方丈のほうに明かりがついておるぞ。誰かが来るようだ」

燭台の明かりが廊下を渡って徐々に近づいてくるのが見えた。

「早くしろ、急げ」

二代目義詮と、三代目義満の首に手をかけていた志士たちは、斬ろうとしたときよりはたやすくそれを引き抜くことができた。

「残念だがこれまでにする。あとは残したままで帰る」

長尾が顎をしゃくったのを合図に、角田を先頭にして志士たちは霊光殿を逃れて外へ出た。三輪田と多勢子を除く九人の志士のなかでたったひとり、大庭だけが直接手を下していない。燭台を持ったまま落ち着いて立っているその姿は、多勢子にはなぜか冷徹で、志士団のなかから浮き上がった存在に見えた。

「大庭さんも早くお逃げなさい」

多勢子の声にうなずくと、大庭はふっと蠟燭を吹き消して燭台を捨て、雨の戸外へ出た。

「松尾さん、何をしているんだ」

最後のひとりが逃げるまではと、留まっていた多勢子を、三輪田と長尾が戻ってきて両側から支えて走った。豪雨はなお降りやまず、たちまち一団の姿を水の煙幕の中に閉じ込めて見えなくした。

無事衣棚へ帰り着いた志士たちは、十四体全部の首を抜けなかったことをひどく悔しがった。

「あれ以上等持院に留まっていたら、木像の首をとるどころか、あなた方の首が飛ぶことになったかもしれませんよ」

ものごとはほどほどにというころあいをわきまえている多勢子は、歯噛みをして悔しがる志士たちをたしなめた。

「われわれは勝った。えい、えい、おう」

志士のなかで大庭だけがはしゃぎ、勝鬨を上げた。異常なほどの興奮ぶりで、それがかえって座の空気を白けさせることになった。

　志士たちが残念がったのにはもう一つの理由がある。十四体のうち十三体は足利幕府歴代将軍の像であったが、なかに一つ徳川家康の木像がまじっていた。足利氏のなかになぜ徳川の始祖が入っていたのか不明だったが、今志士たちが仇敵と憎んでいるのは徳川幕府のほうなのである。その家康の首をとれなかったのが心残りで、大庭以外の志士はそう手放しで喜ぶ気にはなれないのであった。

　衣棚では、三体の首を梟首するための準備が夜を徹して行なわれた。首を載せるための台を作る者、高札に墨で黒々と梟首の宣告文を書く者とさまざまである。

　多勢子は等持院へ討ち入った者の全員無事を確かめると麩屋町の家へ引き揚げた。雨に濡れそぼち、手足の先まで冷えきっている。湯を沸かして体を拭き、着替えをして横になったが眠ることができない。いくら足腰が丈夫だからといっても、雨の中を若い志士と一緒に走った疲れは全身に溜まり、寝ていても体が沈んでいきそうな感じである。志士たちの行動を幕府が察知しなければいいがと思い、そうした不安が心をよぎり、打ち消すことができない。朝方やっと雨が上がったが、とうとう多勢子はまんじりともせずに過ごした。

　夜が明けると梟首のことが気になって、早速三条大橋へ出かけていった。もう四、五人の人だかりがしていて河原を見下ろしている。

「あれは、何どすか」

「足利の殿さまの首やそうどす。首とって晒してますのえ」

「生首やないのどすやろ。足利幕府も天皇に楯ついた反逆者よってに」

それぞれが口々に何か囁き合っている。多勢子も欄干(らんかん)から身を乗り出して河原のほうを見た。歳のせいで、針の穴に糸を通すときなどのように近くを見るよりも、遠目のほうがかえってよく利くようになっている。

木像の首が三つ、縦横二尺と四尺ぐらいの高台に載せられ、橋のほうを向いて河原に並んでいる。死者の生首と違って、いずれも目を見開いたまま、なかには剽軽(ひょうきん)な顔の首もあり見る者をあざ笑っているようであった。三体の首の横には黒塗りの板に、それぞれの法名や俗名が書いてあった。等持院を襲い決行した志士は九人、行かずに梟首の準備等をした者も他に九人、総勢で十八人である。その結果、大がかりな首を晒すための舞台づくりがなされた。

晒し台の脇には、「足利幕府罪状宣告文」と墨痕(ぼっこん)鮮やかな立て札が立っている。札の冒頭には、「逆賊」という二文字の大見出しがついていた。一段下げて、足利尊氏、同義詮、同義満の名が列記されている。さらに没年も併記してあった。

「延文元年、四月二十九日、尊氏五十四歳薨、当文久三亥年ニテ五百十六年成、貞治六年十二月七日義詮三十八歳薨、右亥年ニテ五百五年成、応永十六年五月六日、義満五十一歳薨、右亥年ニテ四百六十三年成」と死後の年数までが書いてあるが、その記述には間違いもあった。

今は徳川幕府主権の世の中である。なぜ足利幕府を指弾するのかという向きもあろう。しかしその当時、朝廷の力が衰微していなければ、足利氏は当然誅罰に処されていたはずである。したがって、鎌倉以来の逆臣であり、賊臣の魁ともいうべき足利三代の醜像をわれわれが殺戮して天誅に処するのである。

宣告文には、概略こういう意味のことが書かれてあった。さらに同じ運命が徳川幕府の上にも累を及ぼすことになろうとも明示されている。それは、現幕府への挑戦状ともいうべき煽動的な内容であった。

衣棚志士団による木像梟首事件は、徳川幕府に実害を及ぼすものではなかったが、その面子をいたく傷つけた。京の町はこの話題で、しばらく持ちきりになった。

志士たちへの情にひかれ、多勢子も等持院急襲に参加したのだが、心底から賛同した上でのことではなかった。

「これ見てすうっとしたわ。胸のつかえがとれたようや。わしらの思うてたことを、誰やわからんけどやってくれたのや思うて」

見物人のなかには、こんなことを言っている男もあった。

「私には納得することができません。こういうことをしたいという気持ちもわからないわけではないのですが。三条河原だけではなく、四条河原も粟田口も、みな天誅にかけられた人々の血で赤く染まっています。安政の大獄への私怨からこうしたことが始まったと聞いていますが、自分たちの行為を天が誅戮を下すのだなどと言って理由をつけています。自分の行為を正当化し、天に置きかえるのは不遜に思われてなりません」

よくやったと言った男に、多勢子は話しかけた。

「えらいこと言うご隠居はんや」

男は目を丸くし、多勢子の顔をしげしげと見た。

「あんさんはまさか幕府方やおへんやろな」

「そんなことはありません。私とて勤王方に味方する一老婆です。でも多くの子供を産み育て、人間の命がどんなに大切なものかを知っているものですから」

「ほう」

「人が天の名において人を殺す。こんな恐ろしい罪はないと思います。私の考え方は間違っているでしょうか」

「そんなことおへん。敵味方に分かれたとて、それぞれに親も子もありますのやろ。互いにかけがえのない肉親やよってに、その目から見たら確かに大事な命やわ」

男は梟首された木像の首を見ながら、多勢子の問いかけに答えた。三代の木像の首は、肌寒い風に晒されながら、苦しみのない表情で橋の上の人々の足もとに相対していた。河原にはほかにも三つ四つ、血の気を失った生首が転がっている。

河原に目をそむけたまま、大橋の上を急ぎ足で通り過ぎていく若い女もいる。鴨川の川景色を楽しもうにも、眼下には身の毛がよだつような凄絶な光景が展がっているだけであった。

二百六十余年、十四代続いた幕府は、異国の威嚇に脅え、ただ徳川の家の安泰のみを願っているのである。そして逼迫した幕府の財政は、豪商への御用金に頼ることによってかろうじて支えられているのだという。

多勢子は、長尾や角田の行なった木像梟首の結果に目を馳せ、深い溜息をついた。

散る花いずこへ

木像の首を三条河原に晒し終えた一行は、衣棚へ帰り、大庭の炊いた朝飯を食べた。皆晴ればれとした顔をしていたが、ひとり三輪田綱一郎だけは苦虫を噛み潰したように渋い顔で坐っていた。終始一貫、木像梟首を愚行とみる三輪田の考えは、今も変わってはいなかった。

志士たちは皆腹をすかせていて食がすすみ、驚くほど飯のおかわりを重ねた。

「大庭、飯が足りぬのではないか、もっと炊いてくれ」

角田はお櫃の底が見えてきたのを気にして、厨にいる大庭を呼んだ。

「大庭はいつもよりずっと多く炊いたと言っていたようだが」

大庭に代わって返事をしたのは、香の物を切っていた長尾である。長尾は木像梟首の成功に気をよくしていた。子供が生まれるからには、みちと世帯を持たねばなるまい。たまにはこうして厨仕事を手伝ってやることも必要になろう。乳呑み子を育てるみちの姿を想像すると、長尾は久しぶりに和やかな気分になっていた。包丁さばきはおぼつかなかったが、多勢子が数日前に差し入れた沢庵を、長尾は丹念に同じ厚さになるように切った。

「大庭はいないのか。どこへ行ったのだ」

角田に訊かれて、志士たちは初めて大庭の姿が見えないことに気づいた。

「そういえば、飯の支度を終えたら三条大橋へ行って様子を見てくると言っていた」

梟首決行者のひとりである西川吉輔（よしすけ）が答えた。

「きゃつ、ひとりで行ったのか、勝手に出かけてけしからん。われわれも飯を食ったら行ってみることにしよう」

角田はまた茶碗にかぶりついたが、玄関に現われた多勢子に気がついて笑った。角田だけではなく、きょうはどの志士も機嫌がよく、皆梟首をやりおおせたという満足感にひたっている。

「角田さん、行ってはなりません。橋の上にはしだいに人が集まってきています。追って幕府方の役人もやってきましょう。下手人は現場に戻ると言われています。同心や与力が見張っているかもしれませんよ」

「下手人とはひどい。われらは大義の戦いをしたのだ。悪事を働いたのではない」

「言葉が過ぎたら許してくださいよ。でも今行くのは危険です」

しかし多勢子の助言を聞くこともせず、志士らは早々に腰を上げて出かけていった。

長尾も、実家の綿屋へ帰ってみると言って出ていった。

「若い人の気持ちを、この婆ではもうとめることはできないのですね」

多勢子は、行動をともにせずに居残った三輪田に言った。

「足がついて見つかることにならねばいいのだが。夜陰に乗じての決行で、誰も見ていなかったとは思うておるのだが、はたしてそのように甘く考えていていいものかどうか。やはり年嵩（としかさ）の拙者には案じられてならんのです」

三輪田は肩を落とし、心配そうに下を向いて話した。

「私のことも、折に触れて母親づらをすると、ときにはうっとうしく思っているようです。でも長く生きてきた者の目から見れば、若い人の行動は危なっかしく思われることが多いのです」

三輪田は多勢子のために茶を淹れてくれた。皆出払ってしまい、七間もある広い家にたった二人だけなので森閑（しんかん）としている。

「おう、いるか」

品川がずかずかと上がり込んできて襖を開けた。

「弥二さん、ようこそ」

品川がやってくると、きまって座の空気が明るくなる。いつも一緒の久坂が、きょうも品川の背後から顔を出した。

「何だか湿っぽい感じだなあ。どうかしたのか」

品川は入ってくるなり、何かを感じとったようである。梟首のことを話そうかと思ったが、多勢子は一応伏せることにした。品川は最も信頼している志士である。しかし梟首事件は平田一門のことなので、慎重にすべきであると考えた。三輪田もそれについては口をつぐんだ。

「お多勢さん、きょうは話があって来た。久坂、お前からじかに話したほうがいい」

品川は話についての内容を久坂に譲った。

「実は、高杉晋作を通してきた話なのだが」

「ほう、高杉さんから」

高杉晋作、この人について多勢子が知っているのは、尊攘急先鋒の看板とも謳(うた)われている男、ということである。あいにくまだ会ったことはないが、よく耳にしている名前である。尊攘の情熱が高じて奇態な行動をとるとさえ言われ、よく人々の口の端(は)にのぼっている。久坂や品川とともに、松下村塾きっての逸材であった。

「高杉さんが松尾さんのことを聞いて、自分も会ってみたいし、坂本竜馬（りょうま）にも会わせたいといっている。坂本さんも多忙な人なのに、ぜひ会見したいと望んでいるという」

「これは思いがけないお話です。高杉さんも坂本さんも天下に名だたる志士、お目にかかれるなんて冥利（みょうり）につきると言えましょうよ」

「では松尾さんに異存はござらぬな」

「ええ、もちろんですとも。私は人が好きでたまりません。知らない人に会うのは特に楽しみなのです。その後岩倉卿の所へは二度ほどお邪魔しただけですが、密偵としての初対面でも、怖いというよりも好奇心のほうが先に立っていたのです。人間の寿命には限りがあります。そのなかでどれだけ多くの人に会い、教えられ、生きていくことができるかどうか。人を避けるなんて、もったいなく思えてしかたがありません。できるだけ早くお目にかかりたいものです」

「坂本さんは、たまに伏見（ふしみ）の寺田屋という旅籠に立ち寄る。松尾さんに無駄足を踏ませぬよう、はっきりした日どりを聞いてみよう。高杉のほうにも」

「ありがとう、その日を楽しみにしていますよ」

多勢子は厨（くりや）に立ち、今やってきた二人のために飯の支度をした。飯の時を過ぎても、志士たちはほとんど空き腹を抱えていることが多い。多勢子は衣棚の家に来るたびに魚や青菜や漬物などを下げてくる。漬物は大根を買って干し、伊那ふうに樽につけ込んだ沢庵（たくあん）である。志士たちはしば漬けや千枚漬けなどよりも、多勢子の質朴（しつぼく）な田舎味を好んで食べてくれる。こうした手土産を準備するだけの金は、上洛のとき理解のある夫佐治右衛門から十分に与えられていた。

品川も久坂も喜んで箸をすすめ、ぼりぼりと音を立てて沢庵を齧（かじ）った。

「おう、来ておったのか。とうとうやったぞ。いま三条河原でわれらが戦果を見てきたところだ」

帰ってきた角田が大声で気焔（きえん）を上げた。品川も久坂も事のなりゆきを知らず、箸をとめて呆気にとられている。次に帰ってきた長尾が、得意げに二人に話をした。

「ん、そうだったのか」

品川は言葉短かに応じ、軽々しい発言はしなかった。久坂は何ごとも内に秘め、慎重に考え込む性分なので、これも何も言わずに箸を動かしている。

「松尾さん、皆無事に帰りましたぞ。別に三条大橋付近に、幕府の見張りらしい者の姿もなかったようだ」

「でも、大庭さんが見えません」

多勢子は目ざとく大庭がいないことに気がついた。

「大庭はひとりで先に出かけた。三条大橋へ行くと言ったそうだが、あそこにはいなかった。あいつ、いったいどこへ消えてしまったのか」

「気が利く大庭のことだ。帰りがけに酒の肴でも買いに行っているのではなかろうか。うまいものでも下げて帰ってくるさ」

師岡と小室の二人がこんなことを言い合っている。梟首成功のことで志士たちの頭はいっぱいで、誰も大庭の行方など気にかけてはいないようである。しかし、多勢子の心にはわだかまりがあった。前から大庭に感じていた疑惑がしだいに大きくなり、叢雲のように広がっていくのを覚えた。

だが夕方になって、品川と久坂が衣棚の家を出るのと入れ違いに、多勢子の心配している大庭が帰ってきた。

大庭は両手に下げた大きな袋と、背中に負った荷を下ろして汗を拭いた。すぐに持ち帰った荷を厨に入って広げた。さっき師岡が言ったように、中身は魚や野菜などいずれも生きのいい酒の肴になりそうなものばかりである。

「大庭さん、いちどきにこんなにたくさん買ってきたのですか」

志士のひとりが立っていって訊いた。

「どうせこの多人数で食うのだから、何度も買いに行くのも面倒くさいし。それにきょうは、祝杯を挙げる馳走を作らねばなるまい」

どこから借りてきたのか、大きな背負い籠には大鯛やその他の魚も入っている。いつも衣棚の志士たちが口にしているものに比べれば、涎（よだれ）の出てきそうな豪勢なものばかりである。

「鯛は刺身にし、頭（かしら）で潮汁（うしおじる）でも作ることにしよう」

大庭はそう言って襷（たすき）をかけ、いつものようにかいがいしく働き出した。

「大庭、茶を一杯飲んでからにしたらどうか」

三輪田が声をかけても、皆の集まっている所には来ようともせず、一心に菜を洗っている。多勢子は大庭を手伝おうと思い厨に入っていった。

「ずいぶん大きな鯛だこと。きょうは祝杯を挙げるのですね。お金のことを言うのもなんですが、大庭さん、私にも出させてくれませんか」

「松尾さん、心配はいらんのだ。銭ならほら、こんなにあるのだから」

大庭は洗い物の手をとめ、懐から財布を出してみせた。財布ははち切れそうに膨らんでいて、ずっしりと重そうである。

「まあ、大庭さんがそんなに金持ちだとは知りませんでした」

多勢子はなぜか大庭の様子に胡散くさいものを感じた。

「いや、何、その。郷里から思いがけない送金があったのだ。ひとり占めをしては気が咎めるので、皆に馳走をしたいと思っただけですよ」

大庭は多勢子に見つめられるとひどく狼狽し、急いで財布を懐にしまい込んだ。これまでの大庭についていえば、貧してこそいても大金を手にするなど考えられないことであった。多勢子は金の出所についておかしいと思ったが、追及すべき筋合いのものでもなく、そのままにやりすごした。

魚を料理し、煮つけなどをしてやってから、多勢子は衣棚を後にした。志士たちは皆、多勢子が祝宴に連なることを望んだが辞退をした。心をよぎる翳のようなものがあって不安が消えず、祝いなどする気にはなれなかった。多勢子は三輪田に、志士たちが羽目をはずすことのないようにと頼んで麩屋町の家へ帰った。

祝宴は最高の盛り上がりをみせ、志士たちは朝まで酒を汲み交わしたと、次の日伊勢久がやってきて多勢子に伝えた。

「今夜もまた酒盛りがあるそうどす。この伊勢久にも招きがあり、ぜひ松尾さまもお連れするようにとのことどす」

これは困ったことになった、多勢子は伊勢久の言葉を聞いたときまずそう思った。

戦果に酔いしれて、衣棚では自制がきかなくなっている。こんなときに悪いことでも起こらねばいいが、多勢子はそうした思いに駆られた。

「私は失礼することにします。くれぐれも油断せぬようにと志士方に伝えてください」

多勢子は強い口調で伊勢久に言った。

その後三日ほど家にこもって、多勢子は伊那の松尾家や知人などに文(ふみ)を書いた。衣棚の酒盛りは連日連夜にわたって続き、三輪田の説教も馬の耳に念仏で誰も言うことを聞こうとしない。大庭が次々と酒や肴を買い込んでは、無償で志士たちに振る舞っている。志士の中には酒に酔い、昼もだらしなく寝込んでいる者もある。こうしたことが、再び伊勢久によって多勢子の耳に入ってきた。

明日はぜひ衣棚へ行ってみなければならない。多勢子がそう思ったのが二月二十七日の夜で、梟首決行の日からもうまる五日が過ぎようとしていた。

明けて二十八日の未明、衣棚の家は百数十人の幕兵によって包囲された。等持院急襲から数日が無事に過ぎ、深夜まで酒を酌(く)んでいた志士たちはその寝入りばなを襲われた。茶屋へ遊びに行き泊まり込んでいる者もあった。

決行者の名前は、梟首事件のあった翌二十三日には京都守護職松平容保(まつだいらかたもり)の手もとに届いていた。それには決行者が九人、別に連累者として九人、そのほかにも衣棚に出入りする平田門下生と他藩士の名前、これらが詳細に列記されていた。

　木像梟首事件は、現徳川幕府を侮る行為として京都守護職を激怒させた。すぐさま容保は、平田一門を片端から捕縛して一網打尽にせよとの命令を下した。討ち入りの日は二十八日未明とひそかにきめられていた。

　東天がわずかに白み、空にはまだ星が残っていた。京の町はまだ目覚めずに、ひっそりと眠っている。衣棚の家はまったく手薄になっていて、百数十人の幕兵にはかなうはずもないのであった。

　幕府方の軍勢は、無言のままひたひたと衣棚に押し寄せ、志士たちの家をとり囲んで小路にも表通りにも溢れた。前夜の酒宴がたたり、志士のなかには体にまだ酔いの残っている者もあった。

「平田門下、覚悟をせよ、京都守護職松平容保様の仰せであるぞ。等持院霊光殿、足利木像の首を三条河原に梟し、現徳川幕府を愚弄したる罪深し。よって悉く逮捕する」

　中からの応答を待つまでもなく、大槌で入口も雨戸も滅多打ちにされ壊された。幕兵がどっと家の中へ繰り込んだ。しかし大半の兵士は、二陣の攻め手として外に控えている。三十人も入れば家の中はいっぱいになり、斬り合いもうまくいかなくなる。一陣の幕兵が傷を負えば、新手の兵士が代わって攻め込んでいく。後から後から湧(わ)いて出るように、幕軍は多勢(たぜい)の兵を擁して斬り込みに備えていた。

この日衣棚にいた志士の数はそう多くなかった。まず三輪田綱一郎が物音に気づき驚いて飛び起きた。

「起きろ、皆起きろ」

三輪田はまだ白川夜船の志士たちを片端から蹴(け)とばして歩いた。皆慌てふためき、右往左往しながらも、降りかかってくる敵の刃に必死に応戦しなければならなかった。

志士たちは壁に掛けてあった槍を手にして戦った。しかし家の中は攻め込んでくる幕兵で手狭(てぜま)になり、長い槍では身動きがとれずかえって邪魔になる。幕府方では、初めからこうした戦闘を考慮に入れ、短い手槍を用意してかかっていた。手槍は狭い場所でよくその威力を発揮した。そのうえ平田一門には、二日酔いで足もとのふらついている志士もいた。態勢は志士方には一方的に不利な展開となった。幕軍では勝つために、周到な計算と準備をし、そのうえでの奇襲作戦を立てていた。

門下生師岡正胤は、十指に余る敵を薙(な)ぎ倒したが、次々に押し寄せる攻め方の波に抗しきれず、ついに屈服し捕らえられて縄をかけられた。

梟首決行者のひとりである青柳高鞆もよく奮戦して五人の幕兵を斬ったが、やはり力尽きて捕らえられ身に縄目を受けた。

捕吏(ほり)は路上から梯子をかけ、屋根伝いに二階にも闖入(ちんにゅう)した。寝ていた高松信行は蒲団を蹴って起き上がろうとしたが、その胸をかすめて幕兵の手槍の穂先が躍った。高松は素手のままでいったん窓外に逃れたが、屋根の上にひしめく幕軍にひるみ、その隙を突かれて心臓を抉(えぐ)られた。噴き上げる鮮血にまみれて倒れ、高松はその場で息を引きとった。

「きゃつ、同志のかたきをとってやる。さあ、かかってこい」

階下にいた仙石隆明は槍を手にし、すさまじい形相で七人までを刺し殺した。

「えいっ、こうしてくれる」

顔面蒼白、目は夜叉鬼のように釣り上がり死力を尽くしたが、疲れて足もともおぼつかなくなり、われに利あらずと悟るや気力をふり絞って二階に駆け上がった。倒れるように坐り込み、着物の衿を開いて腹を出した。

「死してわれ、鬼神とならん。鬼神となって尊王の大道を全うせん」

大声で呼ばわり、傍にあった刀で真一文字に腹かき切って最期を遂げた。いまわの際(きわ)に腹の裂け目から臓物を引き出し、むんずと摑み、幕吏の顔をめがけて投げつけた。

敵軍の頭上に血しぶきが散った。仙石は仰向けに倒れそのまま静かに目を閉じた。ついさっきまでの阿修羅のような表情は消え、その顔にはかすかな笑みさえ浮かべていた。

「散る花いずこへ、いずこなりとは知らねども、われ行かん。散る花いずこへ、いずこなりとは知らねども」

　仙石は生前、好んでこんな詩を吟じたが、その詩句にふさわしい壮烈な最期ともいうべきであった。

　幕吏は平田一門の名前の書いてある巻物を出し、捕縛者と死者との確認にかかった。木像梟首決行者九人、右連累者九人、計十八人の名が連ねてある。

「ここに列記してあるは、口には尊王を騙り、陰には私の怨念をもって幕府を誹謗し、諸人を誑惑させたる者なり。一つ、足利木像梟首決行者、師岡正胤」

「師岡は捕縛されました。そこにおるのが師岡正胤に間違いありません」

　幕吏に答えた者の顔を見たとき、平田門の志士は驚天動地の思いにとらわれた。縄目を受けていない大庭が、幕吏の傍に立って答えていたのである。

「一つ、平田門下、建部楯雄」

「建部は昨夜からこの衣棚の家に帰っておらず、不在です」

「一つ、同じく角田忠行」

「角田は昨夜はいたのですが、姿が見えません。逃亡したのではないかと思われます」

「同じく高松信行」

「高松は先ほど二階から逃れ、屋根の上で刺し殺されたようです」

「同じく長尾郁三郎」

「長尾は不在です。実家は塩屋町の綿屋小平、そちらに行っているのではないかと思われます」

「同じく青柳高鞆」

捕吏はひとりずつ名を読み上げ、丹念に門下生の存亡を調べていった。いずれについても、答えたのは大庭恭平である。

「おぬし、裏切ったな」

師岡も他の志士たちも、初めて大庭の裏切りを知って歯ぎしりをした。ひと通りと
り調べが終わって、捕縛者は連行されることになった。

「大庭とかいったな。今度はお前の番である」

捕吏が目くばせをすると、大庭はあっという間に後ろ手に縛り上げられた。

「これはいかなることでしょうぞ。何かの間違いではないかと存じます。拙者は会津藩士大庭恭平、縄目を受ける筋合いはござらぬ。守護職松平様も、この私の働きについてはよくご存じのはず、なにとぞご容赦(ようしゃ)のほどを」

「ざまあ見ろ、同志を売る者は幕府方でも信用はしないのだ。思い知ったか、大庭」

同じく、捕縛された長沢真事が、大庭の顔にぺっと唾を吐いて腹いせをした。

「私はうわべは平田一門を騙っていたが、真実は平田門下生ではござらぬ。会津藩より密偵として衣棚に差し向けられた者にて」

大庭の必死の弁明を幕吏は冷笑で受けとめた。

「いずれにしても平田一門に関わりがあったことに変わりはあるまい。申し開きは聞かぬ。それにしても往生際(おうじょうぎわ)の悪い奴」

「畜生」

結局他の平田一門と同じ扱いになって、大庭は地団駄(じだんだ)踏んで悔しがったが後の祭りであった。衣棚で捕らわれた志士たちは、そこからただちに連行されることになった。幕府はさらに追撃の手をゆるめることなく、居合わせなかった志士についても探索が続行された。

同門者のひとり中島錫胤(ますたね)は、京都仏光寺新町通りに居を構えて住んでいたが、追手は衣棚の家からそこへも向かった。幕兵が掲げて行く槍の先には、屠腹（とふく）した仙石隆明の首が突き刺してあった。

「ここにあるは、平田一門の首なるぞ。速やかに出でて降伏せよ」

中島の家の前まで来ると、幕兵は塀の上で首をひらひらと泳がせながら吶喊（とっかん）した。これを見た隣家の妻女は、中島の首と思い込んで卒倒しそうになるほど驚いた。当の中島は出かけていて家にはおらず、同志の小室信夫を伴って帰ってきたところが、手前の角を曲がるなりこの光景に出くわしたのである。

「危ない、早く逃げろ」

小室の背中を押してともに逃げ、もとの小路に戻って危機一髪のところで虎口を逃れることができた。しかしどこまでも行方を追跡する幕府方によって、結局中島は後日捕らえられた。

梟首決行については最後まで反対し、直接手を下さなかった三輪田にも幕府探索の網が張られた。討ち入りから逃れた三輪田は二人の若い志士にせがまれて、茶屋の一（いち）旗亭（きてい）に泊まり込んでいた。ここにも討手がやってきた。

「三輪田綱一郎がここにいると聞いておる。呼んでもらおう」

捕吏は三輪田の行く先についても、すでに大庭から聞き込んでいたのである。

三輪田の連れてきた志士二人が出てこれに応対した。

「そういう人はここにはおらん。名を聞いたこともない。何かの間違いではなかろうか」

二人はあくまでも三輪田の不在を主張してかばおうとした。

「いや、確かにおると聞いた。信ずべき筋からの話だ」

捕吏も譲らず、容易に帰っていくふうも見えない。

「では拙者どもが腹を切って、虚言にあらざる証（あかし）を立てようではないか」

何としても三輪田先生の命は守らねばならぬ。そういう思いで、二人の志士は二階への上がり口を塞ぐようにして坐り、相対して同時に腹を切って絶命した。その義烈に感じたのか、捕吏はいったんは一旗亭の門を出て引き揚げた。しかし今一度家の中の検分をと思い直し、再び戻ってきて玄関に立った。

下の騒ぎに驚いた三輪田は、このとき二階から階段を下りてきていた。

「三輪田だな」

「そうだ」

捕手はいきなり下から斬りつけた。身をかわす間もなく、三輪田は内股を切られて階段を転げ落ちた。即刻数人の幕兵に押さえられて捕縛された。二人の志士の命を引き替えにしたことを悔い、三輪田は悄然として引かれていった。

そして長尾郁三郎も、塩屋町の実家に立ち寄ったところを捕らえられたのである。

足利木像梟首事件は、多勢子の予測どおりの結末となり、在京の平田一門を壊滅寸前にまで追いつめた。このとき助かったのは、角田忠行、石川貞幹、岡元太郎、梅村真守の四人であった。あとは逃れた先で捕まった者もいた。

角田は厠に起きたときに、いち早く討手の気配を感じとった。他の志士に知らせるゆとりはなく、庭伝いに隣家の床下に逃れた。幕兵が去るまでそこに隠れ、着のみ着のままで信濃へ落ち延びていった。多勢子不在の松尾家を頼り、そこに匿われることになった。松尾家では角田だけではなく、京から幕府に追われて逃亡してくる勤王方を次々に受け入れて面倒をみた。二階の蚕部屋にどんでん返しの壁を設け、志士たちのために隠し部屋まで用意し、常時数人から十余人の志士たちを居候させ、衣食から小遣いの一切にいたるまでを与えて保護したのである。

衣棚志士捕縛のことは、朝のうちに麩屋町の伊勢久にも伝えられた。

「松尾さまはご無事やろか。どないなっとるのか心配やわ」

伊勢久はとるものもとりあえず、多勢子のいる借家に走った。

「松尾さまは、ご在宅どっしゃろか」

「はい、伊勢久さん、そんなに息せき切ってどうなさったのですか」

太っている伊勢久は、ほんの少し走っても胸の動悸が激しくて汗だくになる。傍目から見ても気の毒なくらいである。

「大変どすわ。ちょっと上がらしてもらいます」

いつもの落ち着いた伊勢久とまったく違うので、多勢子も戸惑った。

「松尾さまも連れていかれたのやないか思て、伊勢久、命が縮む思いどした。とにかくご無事なお顔見て安堵しましたわ」

「いったい何があったのですか、伊勢久さん」

「今朝早く、衣棚に幕府の手が入ったそうどす。ほとんどの志士がたは捕らえられてしもたとか。迎え討って死んだお人もあるようどす。守護職松平容保の手兵、会津藩兵士が百数十人も押しかけて、もう大通りも小路もみな埋めつくされてしもたそうどす。大捕物やったと聞きました。そのなかで逃げたお人もいはるそうどすけど、誰がどうなったものやら、皆目見当もつきまへん」

「悪い予感がしていたのです。こんなことにならねばいいと思っていたのですが。平田一門にとっては最悪の事態になりました」

「長尾さまも、実家のほうで捕まったそうどす」

多勢子はまずみちのことを思い浮かべた。

「長尾さんが。それは残念なことを……」

長尾捕縛のことを聞いたら、みちはどんなにがっかりすることであろうか。多勢子はまずみちのことを思い浮かべた。

「伊勢久さん、ひとりひとりについての安否はまだわからないのでしょうか」

「へえ、まだ詳細はつかめておらんのどす。それよりも松尾さま、こうしてはおれんのどす。即刻ここを立ちのいておくれやす。松尾さまにも幕府の手が回るのやないか思います」

伊勢久は落ち着かずにせかせかと、多勢子に逃げるようにと勧めた。

「命を落とした人もいるというのに、どうして私がおめおめと逃げることができましょう。この皺の首、そう惜しいとも思いません。幕府方にくれてやってもいいのですよ。さて――」

多勢子は戸棚を開け、しまってあった文書類をとり出した。平田門下や、京都へ来てからの他藩の交流者の名前などが書いてある。庭に下りて小さな山に積み、酒をふりかけて火をつけた。酒には燃えるものの匂いを消す働きがある。沈着に、機敏に、そしてなすべきことを第一に、いつも多勢子が心がけて自分に言いきかせていることである。日記「都の苞」は焼かないことにした。日記には、味方の秘密に関することは一切書いていない。敵方に知られたくないことは、「みそかごと」の一言で片づけ、心して書かないようにしたのである。

多勢子は次に鏡に向かい、髪を梳(くしけず)って結い直し、身を整えた。

「松尾さま、何してはりますのや。早うしはらんと追手が来て捕まってしまいますわ」

伊勢久は気が気ではなく、多勢子の悠長な態度に苛立っている。

多勢子はそれから障子を開け放し、叩(はた)きと箒を手にして掃除を始めた。

「伊勢久さん、捕らえられるにしても、後は見苦しくないようにしておきたいのです」

部屋の隅々まで掃き清め、丁寧に雑巾がけをした。反対して長びかせるよりも、手伝って早く終えさせたほうがいい。伊勢久はそう観念し、自分も玄関の外を掃きだした。

「さあ、これでいいでしょう。あとは召し捕りを待つだけです」

「松尾さま」

伊勢久は呆気にとられて立ちつくした。逃れる気配もなく、多勢子はまるで岩に結わいつけられでもしたように、どっしりと坐って動かない。

「困りましたなあ、ほんまに。どないしたらええもんやら」

伊勢久は途方に暮れて手を束ねた様子である。そのとき思いがけない助け舟が現われた。

「松尾さん、いますか。早く逃げてください。使いでやってきました」

長州藩の渡辺新三郎が大きく肩を波打たせ、履物のままで上がってきている。渡辺は品川や久坂の友人でもあり、たびたび衣棚の家にも来ている。これまでに多勢子とも数回話し合っていた。

「あっ、駄目ですよ、渡辺さん。今掃除したばかりなのに」

「すみません。とにかくこうしてはおれんのです。松尾さんを、長州藩邸に匿い申すことになりました。早急にお連れするようにと」

「助かりましたよ。伊勢久ももう松尾さまの強情には手え焼いてしもて」

「お心遣いはありがたく存じます。でも私も勤王の女志士、捕縛された人々と進退をともにしとうございます。覚悟はできております。静かに幕府のお縄を頂戴することにいたします」

「こないしてもう、どうにもならんのですわ。ほんまに」

さすがの伊勢久も腹を立てた。

「松尾さん、あなたを敵の手に渡すわけにはいかんのです。ご免」

渡辺は伊勢久に合図をし、いきなり多勢子の帯に手をかけた。

「失礼な。何をしようというのですか、渡辺さん」

渡辺は多勢子の体を羽交い締め（はがいじめ）にして後ろから抱きついた。もがいて逃げようとしても、そのたびにいっそう強く締めつけられてしまう。屈強な若い男の力にはどうしてもかなわない。心得た伊勢久が、するすると多勢子の帯をほどき、それで縛り上げてしまった。

「何てひどいことをするの。人を呼びますよ。助けてください。誰か」

多勢子は足をばたつかせて抵抗した。

「しばらくの辛抱どすよってに。お許しください、松尾さま」

喚き（わめき）騒ぐ多勢子に、伊勢久は手拭いをとってきて猿轡（さるぐつわ）をかませた。

「うちと懇意にしてる駕籠屋呼んできますよってに」

「急いで。もう一刻も猶予はならんのだ」

渡辺と伊勢久が付き添って、多勢子は強引に河原町二条下の長州藩邸に送り込まれた。

「ああ、ひどい目にあいました。まるで強盗に出遭ったようなものでした。味方に縛り上げられたのですからね。私には初めての経験でした」

藩邸には品川や久坂もやってきて、多勢子の経験談には腹を抱えて笑った。

「強情っ張りのお多勢さんには、そうするよりしかたがなかったのではないかな」

「弥二さんは自分が関係ないと思って、無責任なことを言う」

口では怒っているが、本音はこれほどまでに自分のことを思ってくれる同志の情が身に沁みている。

「これ以上面倒はかけないでください。これは長侯からの命令だった。いくら松尾さんでも背くわけにはいかんでしょうに」

渡辺はうまそうに喉を鳴らして水を飲んだ。駕籠屋と一緒に、ここまで駆けどおしだったのである。伊勢久は息が続かなくなって、自分も途中で駕籠を拾い、ここへやってきた。多勢子が無事長州藩邸に入るのを確かめると、麩屋町の店へ帰っていった。

「ありがたいことです。長侯がそこまで心配してくださっているとは」

多勢子は以前に長侯毛利敬親（もうりたかちか）から短刀ひとふりを下賜（かし）されている。この短刀と蓮月からもらった亀の香炉、式部からの珊瑚のかんざし、それに自分がつけている「都の苞」の日記などを、多勢子に逃げるように言いに来た伊勢久に託してあった。万が一自分が幕府に捕らえられるようなことにでもなれば、伊那の松尾家に届けてほしいと頼んでおいた。

長俟じきじきの仰せと聞けば、もうわがままを通すこともできない。京鹿の子屋にいるみちの所へすぐにでも行ってやりたいと思ったが、これも我慢しなければならなかった。

「当分の間、ここに隠れていてもらいたい。一歩も外に出ることはなりませんぞ」

品川は真剣な表情で言った。多勢子は長州藩の藩邸に軟禁(なんきん)されることになった。幕府といえども尊攘激派の長州藩邸には、その力を恐れて軽々しく手を入れるわけにはいかないのである。

「とにかく松尾さん、もう京での隠密行動は無理と思わねばなりますまい。いったん信濃へ帰って、ほとぼりのさめるのを待ち、再び上洛したほうがよろしかろう」

品川は多勢子のこれからを心配して自分の考えを述べた。

「皆さんにこんなに心にかけてもらい、私は果報者です」

「岩倉卿が幕府方ではないことを突きとめたり、天皇の命にかかわる大事を聞き込んだり、公卿方と勤王方のつなぎ役をしたり、松尾さんはこれまで十分に働いた。これからは自分のことを大切に考えたほうがいい」

久坂もやはり品川と同じように、多勢子に郷里に帰るようにと勧める。

「はい、考えてみましょう」

多勢子はそう答えたが、内心ではまだ京に留まって尊王の役に立ちたい、などと考えていた。

茜雲

足利木像梟首事件の直後、第十四代将軍徳川家茂が上洛した。これまで将軍家の上洛は久しくなく、実に三代家光のときから数えて二百四十年ぶりのことであった。家茂の上洛は、家光のときと比較されて評せられた。寛永年間に、家光は三十万余の兵馬を率いて入京したが、これは幕府の権勢を朝廷に誇示することになった。しかし家茂の場合には三千余人が随行しただけで、攘夷決行の時期を迫られた幕府が、朝廷のご機嫌伺いに参内するといった意味合いの濃いものとなった。政治を握る徳川幕府といえども、もう天皇の意向に逆らうことはできないのである。時代の趨勢ははっきりと一つの方向に向かっていた。

ここまで漕ぎつけるために、尊攘派は多くの志士たちの血を流し、犠牲を払わねばならなかった。平田一門は幕府の権力によって圧迫され、中心者となる志士たちを失った。しかしすでに、幕府は衰退の一途を辿っていたのである。

多勢子はその後も長州藩邸に匿われていたが、退屈することもなく毎日を過ごした。藩邸には多くの志士たちが出入りをし、論議を重ねていた。それを聞いていると、天下の情勢が手にとるようにわかってくる。多勢子は心躍る思いで志士たちの話に耳を傾けた。

「松尾さん、客人が見えています」

そうしたある日、志士のひとりが訪問客が来たことを告げた。

「隠れ住んでいるという私に、いったい誰が訪ねてきたのでしょうか」

「『まき』と伝えてくれればわかると言っていたようですが」

「まき。まあ、槇の方さまではありませんか」

胸がときめく思いで多勢子はすぐ藩邸の門に走った。

「松尾さま、よくまあご無事で、ようございましたこと。こちらにおられるとうかがい、駆けつけて参ったのです。お会いできて嬉しゅうございます」

槇の方は、目にうっすらと涙を浮かべて立っている。

「槇の方さま、よくお忘れもなくいらしてくださいました。さあ、中へどうぞ」

多勢子は槇の方を、門から藩邸へ案内しようとした。槇の方は首を横にふった。

「ありがとう。でも、きょうはここで失礼します。あなたが無事でいられるのを拝見しただけでいいのです。岩倉卿の命を助けてくださった松尾さまに、万が一のことでもあればと思い、夜も眠れなかったのです。ここに匿われていると聞いても、自分の目で確かめませんことにはね。これで卿も安心することと思います」

　槇の方は抱えてきた風呂敷包みを、そっと多勢子に手渡した。

「ご不自由はありませんか。これは私が縫ったものです、あなたのお姿を思い浮かべながら。着ていただくと嬉しゅうございます。あとでご覧になってください」

「槇の方さま、何というもったいないことを。わざわざ私のために」

「松尾さま、ちょっと」

　槇の方はいきなりぶつかってきて、多勢子の体を門の内側へ押しやった。自分も急いで中に入ると、ぴしゃりと閂（かんぬき）をかけた。

「危のうございますよ。いま道に、幕府の役人らしい人影が見えました。あなたを捕らえようと監視の目を光らせているのかもしれません」

「槇の方さまは、本当によく気がつかれますね」

「いえね。卿の長い幽居（ゆうきょ）生活の中で、身を守ることに馴れてしまいましたの。自分でも悲しい性（さが）だと思うのですけれど」

　それから肩をすくめ、槇の方は声を忍ばせて、く、くと笑った。いたずらっぽい、純真な表情が顔いっぱいに溢れた。窮地にあっても無類の明るさを失わない人である。これがきっと逆境の岩倉卿を慰め、救うことになるのだろうと思った。

「槇の方さまのお心づくし、ありがたく頂戴いたします。私も何か差し上げたいのですが、着のみ着のままで出てきてしまいました。何もなくて申しわけなく存じます」

麩屋町の借家を逃れるとき、蓮月や式部からの贈物を伊勢久に託すのがやっとで、めぼしいもの一つ持ち出すことができなかったのである。

「何をおっしゃいますの、松尾さま。あなたには卿の命を助けていただいたのですよ。目に見えるものだけがありがたいのではありません。形がなくったって、もっと尊いものがあります。ご恩は生涯忘れません。卿も必ずご恩を報ずる日がくることを、願っています」

「私は岩倉卿のお力を信じています。決して一生、このままでいられるお方ではありません。再び日本の政を動かされる日が、きっとやってくると思っています」

「卿も、錦を飾って松尾さまをお迎えに上がりたい、そう申しています」

「はい、楽しみにお待ちしています」

頰を寄せひそかに語り合っている二人の女に、淡い春の日差しが注いでいる。凍てついた冬の季節はすでに遠く去っていた。それは世の騒乱とはおよそ関係のない、平和そのものの姿であった。

「では松尾さま、ご機嫌よう。きっとお達者でいてください」

「槙の方さまもご息災で。岩倉卿にもよろしくお伝えくださいますよう」

「では、これにて」

槙の方は自分で門をはずし、門の外に出た。多勢子が見送ろうとすると、危ないからと言って見送りを断わった。そして小走りに藩邸の前から姿を消した。

多勢子は藩邸の部屋に戻った。胸にかかえていた槙の方からの風呂敷包みを置き、結び目をほどいた。

「何と見事なものを」

多勢子はその中身に息を吞み、しばらく見とれて坐っていた。中には一領の小袖が畳(たた)んであった。淡く優しい鶸(ひわ)色の地に、裾には細かい桜の花模様が散らしてある。惹きつけられるように味わいが深くて気品のある、そして美しい小袖であった。

多勢子は絹の柔らかい感触を頬に当て、槙の方の厚情を思った。槙の方は確か、洗い晒しの粗末な着物を着ていたような気がする。この小袖をつくるためにどんなに無理な算段をし、やりくりを重ねたのであろうか。

「槙の方さま、いつかきっとこの小袖を着て伺わせてもらいます」

多勢子は槇の方からの贈り物を眺め、長い間坐っていた。

「お多勢さん、今度は信濃からのお客人が来たそうだ」

小袖を畳みかけたとき、品川が襖を開けて入ってきた。その後ろに、伊勢久ともうひとり男が立っている。

「まあ、誠ではありませんか。どうしてまた急に上洛してきたの」

伊那から今着いたばかりだとみえて、長男の誠は旅装も解かずにいる。

「伊勢久さんから、長州藩邸に匿われているとの知らせがありました。このごろ文も来なかったので、心配していたのだに。すぐに旅の支度をしてください。一緒に信濃へ帰ってくんなんしよ」

やってきたばかりなのに、誠は慌ただしく多勢子に帰郷を促した。

「そんな急なことを言われても困るよ。三輪田さんも長尾さんも、多くの同志が獄屋に繋がれているというのに。あの人たちを置いて、私だけが帰るなんてできないよ」

「松尾ではみんなが、一刻も早く帰ってきてくんなと言っているんだがな」

「おじいさんも、孫の田鶴子も変わりないかね」

家族が待っていると言われると、多勢子も少しばかり気がかりになってくる。

「揃って息災だに。山本村の盈仲も、座光寺の北原家も変わったことはないし」

「それはよかった。安心したよ。そう急いで帰ることもないいずら」

「お多勢さん、そんなことを言わずに、少しは家族の身にもなってあげたらどうかな。一時郷里へ帰り、そこで志士方の面倒をみてやってもらいたいのだ」

品川が誠の肩を持ち、帰郷するようにと勧めた。梟首事件で追われた角田が、いま松尾家で世話になっていることは品川の耳にも入っている。多勢子の働く場は京に限らず、伊那にもあるのである。

「弥二さん、私を追い返そうというのですか。そんなにこの私が、藩邸では邪魔になるのでしょうか」

「まあ、まあ、そう言わずに松尾さま」

こんなときに、いつも仲をとり持とうとするのは伊勢久の役目である。

「品川さんかて、松尾さまのこと大事に考えてのことや思います。命さえあればまたの上洛もかないます。ここは一つ、誠さまといっぺん戻られてまたの機会にでも」

伊勢久は、穏やかでゆったりとした話し方をした。追い立てるように喋ってはかえって逆効果になる、そう心得ているようである。

「伊勢久さんには、親身も及ばぬお世話になりました。そう言われると、私も辛くなります。でも、どうしてもみちさんのことが気になってしかたがありません。それに高杉晋作、坂本竜馬のふた方との会見もまだ果たしていません。あと一日か二日考えさせてください。誠はその間、京見物でもしたらいいでしょう」

ほんのわずかだったが、多勢子の態度に折れそうな気配が見えてきて、周りの者をほっとさせた。

「竜馬ならいま、伏見の寺田屋に来ている。ふらりとやってきて、いずこともなく出ていくので、まったくあてにはならんのだが、早速、坂本に会えるよう手筈をととのえることにしよう」

「それには及びませんよ、弥二さん」

多勢子は少しむずかしい顔つきになった。磊落（らいらく）で人の気をそらさないが、あまり干渉されるとうるさがることもある。ほんの短いつき合いだったが、品川はもう多勢子の性格を熟知していた。気丈夫な人だから、おそらくひとりででも出かけていくであろう。品川は竜馬に、かげから根回しをしておこうと思った。

伊勢久や品川が帰った後で、多勢子は何としても明日のうちに竜馬とみちには会わねばならないと思った。高杉については居所が不明であり、またの機会に譲るしかない。

次の日、多勢子は早朝、長州藩の京邸を出た。まだ人の寝静まっている時刻である。

誠には心配しないようにと、枕もとに書き置きを残した。用心深くあたりをうかがい、裏木戸を抜けて道に出た。

　朝まだき、町の辻には一面に靄がかかり、歩いていく多勢子の姿を見えなくした。いつもよりももっと地味なつくりにし、目立たない木綿縞の着物を着ているが、左の小脇にはしっかり長侯恩賜の短刀を差し込んである。たとえ幕府の捕縛に遭うようなことがあっても、見苦しい最期だけは遂げたくない。そのときは身を処することになるであろう短刀を、多勢子はときどき片手で確かめながら歩いた。

　藩邸からかなり行った所で、多勢子は駕籠屋を見つけてそれに乗った。

「伏見まで」

　早朝なので悪いと駄賃をはずむと、駕籠かきは急に愛想がよくなって、韋駄天のように走った。

「そんなに急がなくてもいいのですよ。もう少しゆっくりやってくださいよ」

　朝からの早駕籠ではかえって人目につきやすい。怪しまれないように用心をし、慎重にして行かねばならないと思った。

　昨夜は遅くまで、松尾の家のことが聞きたくて誠と話し合っていた。今朝は暗いうちに起きている。あまり睡眠をとっていなかったので、多勢子はいつの間にか眠りに落ちたようである。どれくらい時刻が過ぎたのか、多勢子は駕籠かきの呼ぶ声で目を覚ました。

「お客はん、もう伏見が近うなりました。どこで止めたらええのやろか」

「伏見に寺田屋という旅籠があると聞いています。その寺田屋の近くの家に行くのです。少し手前で止めてもらいましょうか」

「へえ」

多勢子は用心深く、寺田屋の前を避けて駕籠から下りた。目の前を川が流れている。道の片側には船宿が立ち並び、そこからものを煮ているような匂いが漂ってくる。川端の柳がわずかに若葉を開かせ、間もなくやってくる春本番の前ぶれを告げている。

威勢のいい掛け声を上げて、人夫たちが船を綱で曳き遡行してくるのが見えた。客を乗せ、これから出ようとしているのは三十石船である。川の宿場は人が多く、活気に溢れていて、これなら歩いてもそう目立つことはなさそうだと思った。

行く手の家の軒先に、寺田屋と書いた大提灯の下がっているのが見えた。多勢子は表から入らずに気をつけて裏に回った。

「ごめんください」

勝手口から呼ぶと、のそりと顔を出した男がいる。

「おう、来たか。待っておったぜよ」

「は」

「知っておる。松尾さんだろうが」

「どうして私を」

「ただ者の顔ではない。田舎出の婆と吹聴(ふいちょう)しておるそうだが、どうしてなかなかのものらしい」

「あなたが坂本さま」

「見てくれの悪い、不細工な男さ。名は竜馬」

竜馬は白い歯を出し、にっと笑ってみせた。憎めない感じの男である。肩から力が抜け、全身がだらりとして無防備に見える。これがあの名だたる坂本竜馬、それにしては気どりのない人だ、と多勢子は思った。

竜馬は、上がれというふうに体で合図をした。

「松尾さん、待ってもらえるか。今、厠(かわや)へ行こうとしていたのだ。俺のは長い。長くて有名なのだ」

「坂本さん、これだけはしかたがないでしょう。いくら何でも、はしょってくださいとは言いかねます。どうぞ、ごゆっくり」

初対面の竜馬との挨拶はおかしなことになった。多勢子は吹き出しそうになったがこらえた。竜馬は、どこかすぽんと抜けた感じのする男である。これまで一緒にいた勤王の志士たちのように、人にきりきり舞いさせるような激しさがない。髷は崩れて蓬髪に等しく、その下にのっぺりとした卵形の顔がついている。細い目が、笑うといっそう細くなって一本の線に見えてしまう。着物の衿がはだけ、袴も皺だらけであった。

「では行ってくる」

竜馬はわざわざ断わって、縁側の奥の厠に入った。すぐには出てきそうな気配もなく、これからみちの所へも行かねばならないと思う多勢子は、少し苛立った。

「粗茶どすが、上がっておくれやす」

これはまた竜馬とはまったく反対の、目もとのぱっちりとした器量のいい女が、茶を運んできた。

「松尾です。あなたは」

「へえ、お竜どす」

「やっぱりあなたがお竜さん。お名前はうかがっています」

「おおきに」

お竜はてきぱきと片づけ物をし、散らばっていた茶碗を盆に載せて出ていった。大きな目がすばしこく動き、活発で利口そうな女である。

「あいつは、この俺に惚れるために生まれてきたような女さ」

竜馬がまた、縁側からぬっと顔を出した。

「もうご用のほうはすみましたか」

どうもこの人を見ていると、冗談の一つも言いたくなってくる。

「まだすんではおらんぜよ。松尾さんを待たせると悪いので、半分でやめてきた」

「ふっ」

我慢しきれなくなって、とうとう多勢子は笑い出した。

「おかしいかな」

「おかしいですよ、坂本さん」

二人の対話は、まったく天下国家とは関係のない妙なところから始まった。

「きょうは一日、寺田屋で寝ていたいと思っていた。この二日ばかり、あまり眠っておらん」

「突然お邪魔をして悪うございました。でも私は郷里へ帰らねばなりません。どうしても坂本さんに会いたかったのです」

「帰郷が迫っておるというのか、松尾さん」

「はい、ゆっくりしてはいられないのです」

「では、大事なことから言おう。幕府は倒れるぜよ。それもそう長い先のことではない」

竜馬はふうっと溜息をつき、それから茶を一口飲んだ。

「私どももそう望んでいます。一日も早く、天皇のご威光（いこう）が回復されますようにと」

竜馬は、ぐっと首を突き出して多勢子の顔をしげしげと見た。

「勤王派の狙いは、天皇の威力回復、それのみにあるのか」

「はい、その実現のために多くの志士は命を捨てました。これらの死を無駄にしてはならないと思います。私もそれだけを考えてきたのです」

「主権が天皇に戻ったとして、松尾さん、その先はどうなるのだ」

「は」

多勢子は一瞬息が詰まりそうになった。その先は、と訊かれても答えることができない。考えたこともないのである。

「猪突猛進（ちょとつもうしん）はいかんぜよ。大きな立場から日本の国を見ていかねばならぬのだ。偏狭（へんきょう）に事を進めては開化が遅れることになろう。異国との関わりも考慮に入れねばならんぜよ」

「坂本さんは、攘夷を捨てよというのですか」

多勢子は思わず詰め寄った。

「攘夷か。俺は小さいことは嫌いだ」

「坂本さんの考えていることが、どうもよくはわかりません」

「それでいい。人間何もかもわかろうとしても、どだい無理なのだ。いい加減でええこともある。松尾さんは、白黒をはっきりさせんと気がすまんようにみえる」

「さっきの、天皇に主権が戻ったらその先がどうなるのか、はっきりと言ってください」

「俺にもよくはわからぬ」

「何と無責任な。思わせぶりに、何もかも見通しているような口ぶりだったのに」

竜馬は立っていって障子を開け放した。道を挟んで川が見える。

「松尾さん、この川の流れて行く先は」

「やがては淀川（よどがわ）に入り、大坂の海へ流れて行くのでしょう」

「その海の向こうにあるものは」

「さて、何があるのでしょう」

「巨大な外国が横たわっている。異国に比べれば日本は芥子粒ほどの大きさしかない。人間も狭量に過ぎている。藩はそれぞれの藩の、幕府は徳川だけの安泰を願っているだけなのだ。意地と偏見に固執し、対立の戦いを繰り返しているが、それでは国がよくならぬ。対立よりも調和。どうだ、松尾さん」

多勢子は思わず膝を乗り出した。

「坂本さん、調和とは」

「実のない名分だけでは何の役にも立たぬ。お互いが実益を得るように、そこから歩み寄って手を結ぶ」

「はあ」

「対立からの妥協なら片方が死ぬ。調和ならば、双方が生きられる」

「とても面白い、新しい考え方のように思います」

竜馬の考え方には、何かひとひねりあるような気がする。尊王という一事に没頭し、目先のことだけに追われてきた多勢子には、知らない世界の扉が開かれていくような、そんな思いになるのであった。

「松尾さん、あれを」

竜馬は帳場に掛かっている一幅の絵を指さした。絵は夕暮れどきの富士山であった。

今、山の端に沈みかけた夕日を浴び、富士は目映いばかりの朱色に染まっている。

「筆が躍動しているような絵ですね。夕焼けの山が燃えています」

「俺は絵を見るたびに思うのだ。あれは夕焼けなのではなくて、人間の血の色ではないのかと。幕府に斬られ無念の涙をのんで散った志士たちの、返り血を浴びた赤富士なのだと」

妙な食い違いを感じながらも、いつの間にか多勢子は竜馬の話術に引き込まれていた。

「日本の国が生き返るためには、幾多の人間の返り血を浴びねばならぬのだろうか、あの山のように。それでは悲しすぎる」

竜馬の言ったことに、多勢子はすぐには応ずることができなかった。この人の話には人の肺腑を抉るような何かがある、そう思い、感動が静かに心の中に広がっていくのを覚えた。もっといろいろのことを終日話し合ってみたい、そういう思いに駆られたが、時が迫っていてできないのであった。

「もうひとり、どうしても会わねばならない人がいるのです」

「おう、勝手に喋って迷惑をかけた」

「とんでもない、坂本さん。私にはとてもためになりました。目から鱗が落ちた感じです」

「達者でいられよ、松尾さん」

「坂本さんも」

「松尾さん、俺はこれから幕府軍艦奉行勝海舟先生に協力する」

「何と幕府方のお奉行の」

やはりわからない。多勢子は竜馬について、ふり出しに戻って考えねばならないような気がした。しかしこれが、調和というものなのかもしれないと思った。

「では、ご機嫌よう。坂本さん、きっとつつがなくいらしてください」

「松尾さん、俺は行くぜよ」

「え」

竜馬の目は窓外に向けられ、川の向こうのはるか遠くを見ているようである。この人はいったいどこへ行くというのであろう。出ようとする多勢子に、竜馬は右手を差しのべた。

「これが西洋流の挨拶なのだ」

「そうでしたか、これは失礼を」

多勢子は少し照れながら、片手を預けた。竜馬はその手をきつく握りしめた。悲鳴を上げそうになるほどの強さであった。

「松尾さんの手は、男のように硬い」

「はい、長い間鋤（すき）をとり鍬（くわ）をかついで田畑に出ていました。私は根からの百姓女なのですよ。ほら、こんなに豆だこが。ところで、坂本さん」

「まだ用があるのか、松尾さん」

「肩のあたりが白いのですよ。ほら、こんなに」

多勢子は、竜馬の着物にかかったふけを手早く払ってやった。

「頭をお洗いなさい」

「お竜と同じことを言いやがる」

竜馬は白い歯を出し、またにっと笑ってみせた。

天下国家の話をすることもできた。しかし初めが厠で、終わりがふけ、本当に妙な出会いだこと、そう思いながら多勢子はくすくすと笑った。

「途中、気をつけて行ったほうがいい。志士が扮している駕籠かきを呼んだ。心配はいらんぜよ」

「お心遣い、申しわけなく存じます。いつかまた、きっとお会いしましょう」

「うん」

竜馬は目で笑い、こくりとうなずいて多勢子を見送った。

「烏丸通りへお願いします」

駕籠は、伏見から北へ向けて走った。

「俺は行くぜよ」

竜馬の言った言葉が、多勢子の頭にこびりついていた。人は一生行きつづける。あれはきっと、止まることを知らない竜馬の生涯を表わしている言葉だったのかもしれない。多勢子は駕籠の中でそんなことを考えた。

「烏丸通りへ入ったら気をつけてください。悪王子町へ行きたいのです。京鹿の子を商っている店です」

今はみちに少しでも早く会いたい気持ちであった。みちはきっと大きなお腹を抱えているに違いあるまい。長尾が捕縛されたと知ったら、どんなにか悲しむだろうか。心が急き、駕籠かきの走るのが遅く感じられる。

前に一度来ているので、京鹿の子屋の店はすぐに見つかった。そこから駕籠屋を帰そうとしたが、無事長州藩邸に送るまではと言い張って従おうとしない。心づけも寺田屋から十分にもらっているのだという。多勢子は最後まで竜馬の好意に甘えることにした。

「松尾と申します。みちさんは、ご在宅でしょうか」

店には、みちの母親とはっきりわかる顔立ちの中年の女が坐っていた。

「へえ、ついさっき、伊勢久はんいわはるお人が見えて、一緒に出て行きましたのどす」

「伊勢久さんが。それでどこへ出かけたのでしょうか」

「その辺ぶらついてくるて言うて。鴨川の川縁でも歩いてるのと違いますやろか」

「では、私も鴨川へ行ってみることにしましょう」

多勢子は、再び駕籠に乗った。

「五条通りを鴨川へやってください。人を探しています。ゆっくりやってください」

駕籠の小窓のすだれから、多勢子は道を歩いている人を見ていった。しかし五条の橋に着くまでにみちと伊勢久の姿を見つけることはできなかった。

橋の上で駕籠から下り、多勢子はあたりを見回した。少し上流の川縁にそれらしい人影が見えた。

「あそこまで行ってきます。この近くで待っていてください」

橋の際から川に沿っている細い道に下りた。近づいてみると、やはり伊勢久とみちのようである。

「みちさあん、松尾です」

多勢子は手前から大声でみちを呼んだ。

「まあ、松尾さま」

みちが返事をするのと同時に、伊勢久もふり返った。これまで陰になって見えなかったみちの両腕に赤ん坊がいる。

「おお、生まれたの」

「へえ、月足らずで生まれてしもて。でも、今は丈夫によう育っとります」

「そうでしたか。それはよかった」

なぜかみちは泣いていたようである。目が赤く、まぶたが腫れている。多勢子の顔を見ると、みちはまたしゃくり上げた。赤ん坊が突然泣き出した。

「おお、いい子。泣くんじゃありませんよ。こんなに小さいのに、目鼻立ちが長尾さんにそっくりじゃありませんか。男の子なんですか、みちさん」

みちは大きくうなずいた。多勢子は赤ん坊を抱きとり、軽く尻を叩いてやった。多勢子の手にかかると、不思議に赤ん坊は泣きやんだ。

「松尾さま、長尾さまが亡くならはったそうどす」

「何ですって、伊勢久さん。まさかそんなことが」

「へえ、木像梟首で捕縛された志士方に処刑が下ったそうどす。わては勤王方に役立てたい思て、幕府の同心や与力にぎょうさん金使うて抱き込んでありますのや。そいつらが昨晩知らせてくれましたよってに」

伊勢久は懐から、折り畳んだ一枚の紙をとり出した。

「今朝、松尾さまに先に知らせなあかん思て、藩邸に伺いました。もうお出かけの後で遅うおました。前にみちはんのこと聞いとりましたよってに、知らせるの気の毒やて思うたのやけど、訪ねてきたのどす。長尾さまは、みちはんのことも、生まれてくるお子のことも、えろう心配してたていうことどす」

多勢子は赤ん坊をみちに返し、その書きつけを手にとった。志士たちへの処罰、並びに処遇が記載されている。手が小刻みに顫えた。

まず、足利木像梟首決行者の名が九人並べて書いてある。そのうち、角田忠行は逃亡、高松信行は戦死。残り七人について、師岡正胤及び大庭恭平が信州上田松平伊賀守預り、建部楯雄並びに青柳高鞆が勢州久居藩藤堂佐渡守預り、小室信夫は阿州松平阿波守方に幽閉、長沢真事が但州豊岡京極飛騨守預りとなっている。そして長尾郁三郎、その名前の下には一行、斬首処刑、と書かれているだけである。

つづいて右連累の者、直接決行には加わらなかったが、これを幇助した者としてさらに九人の名が挙げてある。うち石川貞幹、岡元太郎、梅村真守の三人が逃亡、仙石隆明は割腹にて死亡、三輪田綱一郎は豊岡京極飛騨守預り、宮和田胤影は勢州菰野土方聟千代預り、西川吉輔は郷里にて捕縛され野洲郡江頭村親類唯七預り、中島錫胤逃亡するも捕縛され、阿州松平阿波守方幽閉、野呂久左衛門は江州にて捕らわれ、越前勝山小笠原左衛門預りとなっている。

志士たちの木像梟首決行を児戯として引きとめた三輪田までが、罪人として同等の扱いを受けたのである。しかしなぜ長尾だけがひとり、斬首という極刑に処せられねばならなかったのか、理解しがたいことであった。

「幕府方では、全員斬首刑と考えておったそうどす。それを土佐の吉村寅太郎、長門の入江九一さまらが、学習院に建言しなはって強う赦免を請うたとか。そのために酌量されて死刑は免れはって領主お預けになったのやそうどす」

伊勢久は書面にはない詳しい事実を口で多勢子に伝えた。

「でもどうして長尾さんだけは赦されなかったのでしょうか」

みちを前にして長尾の死を知ったことは、多勢子にとっても足もとが覆るような衝撃であった。

「長尾さまは立派どした。捕らわれた志士のなかには、幕府にへつろうたお人もおるそうどす。そのなかで長尾さまは、幕府などには名を名乗るのも穢らわしい言うて、『綿屋郁三郎』としか言わず、どないに責められても堂々と掛け合うたとか。『朝廷をないがしろにする幕府に対し、自分のしたことは間違っているとは思わぬ。足利の首ならず、この次は家康の首をとって晒してやる』て言うて、幕吏の憎悪を買いましたそうな。長尾さまらしい激しいご最期やったて聞きました」

伊勢久の話は、多勢子に長尾の壮烈な死にざまを髣髴とさせた。最後まで幕府の権力に屈することがなかったのである。しかし残されたみちと子供とがかわいそうでならない。

「長尾さんは、坊の顔は」

みちは黙ったままで首を横にふった。獄屋に繋がれた長尾が生まれた子に会えるはずもない。多勢子は愚かな問いをしたことを後悔した。

「私は長尾さんを自分の本当の子供のように思っていました。長尾さんにはずいぶんと手こずらされました。それだけにかえってかわいかった。みちさん、あなたのことも他人のようには思えません。これからのこと、考えてあげねばなりませんね」

「松尾さまは信濃にお帰りにならんとあきまへん。後のことは、この伊勢久が見て差し上げます。安心して任せておくれやす」

伊勢久も心底からみち親子のことを案じているのであった。

「何なら、私と一緒に伊那の松尾の家に行きませんか。一生、いてもらってもいいのですよ。あなたがた二人は、長尾さんが残してくれた形見です。大事にしたいと思います」

多勢子に優しい言葉をかけられたみちは、また込み上げそうになったようだったが、今度は泣かなかった。

「おおきに。けどさっき、伊勢久はんから聞かせてもらいました。長尾さんは、『われ死すとも尊王の心は死なず、再び生まれかわりて幕府を討たん』て言いはったのやて。うちは人さまに頼らず、この子を父親の生まれかわりや思て育てます」

みちの顔にはもう迷いはなかった。頬にまだ涙のあとが残っていたが、顔に明るさが戻っている。

「長尾さまは二十八歳、まだ若うて惜しいご最期やった思います。けどこないにかわいらしい坊を残していきはった。長尾さまに怖いほどよう似てはりますわ」

伊勢久はみちが抱いている赤ん坊の顔を覗き込んだ。赤ん坊は無心に笑った。

「おお、この伊勢久めが気に入りましたか。よう笑うてはるわ」

伊勢久が顔をつくってあやすと、赤子はそのたびに声を上げて笑った。父親の顔を知らず、無邪気に笑う子供は哀れであった。

「みちさん、坊の名は」

「信一郎（しんいちろう）ていいます」

「それはいい名前だこと。長尾さんが郁三郎、お子が信一郎」

「へえ、郁三郎はんのように、信じた道、一筋に歩いてもらいたい思て」

「そうでしたか。信坊、めげずに大きゅうなるのですよ。大きゅうなったら、父（とと）さんのように志に生きる人になってください。そして母（かか）さんも大事にしてあげるのですよ」

多勢子は、言ってもわかるはずのない相手に、そう話しかけた。

「長尾はんが亡くならはったのは残念どす。けどうちは不幸せや思うてはいまへん。松尾さまにも、伊勢久はんにもこないようしてもろて。子供ていう宝物も残してもらいましたよってに」

「あなたの言葉を聞いたら、長尾さんはどんなにか喜ぶことか。きっと浮かばれることでしょう」

川面を眺めながら、三人は長いこと話し込んだ。

「みちさん、京の冬は底冷えがひどく寒かったように思います。でも冬の後には必ず春がやってきます。あなたにもきっとそうした季節が巡ってくる日がありましょう」

「へえ、おおきに」

「ずいぶん長い間お話をしてしまいました。もう日が傾いています」

鴨川は春の盛りを迎えて水嵩を増している。流れ下る水面(みなも)に夕映えの空がうつり、風もなくのどかな日であった。空は刻々と橙色に変わり、あたりは荘厳の気に満ちた。

「みちさん、古い和歌を思い出しましたよ。『散りし花、落ちし木(こ)の実も、先結ぶ。いかで故人(こひと)の、帰らざるらむ』。人は死んでも必ず生まれ変わってくるというのです。長尾さんもきっと」

「散りし花、落ちし木の実も」、みちは多勢子の誦(ず)した和歌を、低い声で幾度も繰り返した。

「ええお歌どすなあ。覚えて、いつかこの子にも教えてやりたい思います」

つい今まで笑っていた信一郎は、母親の胸ですやすやと眠っている。

「松尾さま、気いつけて帰っておくれやす。品川はんも言うてはりました。東海道は人も多いし、関所も厳しいので大和路(やまとじ)回っていかはったほうがええのやないかて」

「ありがとう。京での暮らしは私にとって、五年分にも十年分にも値するものでした。伊那に帰り、長尾さんの菩提(ぼだい)を弔いながら、やがて来る新しい世を待ちます」

「松尾さま、坊とみちはんのことは、くれぐれも心配せんといておくれやす」

「伊勢久さん、よろしくお願いしますよ。みちさん、ではご機嫌よう」

多勢子は待たせてあった駕籠屋を呼んだ。

「長州藩邸へ帰ります」

走り始めた駕籠の後ろを、みちが追いかけてきた。

「松尾さまあ、松尾さまあ、おおきに」

しかし、駕籠は止まらずに早足で走った。行く手の空には夕茜の雲が棚引き、そこに向かってしだいに小さくなっていく多勢子の乗った駕籠を、みちも伊勢久もいつまでも見送って立ちつくした。


（完）

あとがき

この小説で私は、松尾多勢子というあまり知られていない勤王の女志士のことを書いた。ほかに女性勤王家といえば、高杉晋作と親交のあった野村望東尼(もとに)や、三河の勤王家村上忠順(ただまさ)と交友を結んだ大田垣蓮月(おおたがきれんげつ)などの名をあげることができる。この二人は高名である。

しかし国事に奔走(ほんそう)したその内容を考えるとき、多勢子のほうがこの二者よりもはるかにすぐれ、命がけの活動をしていることに気づく。もし彼女の働きがなかったら、日本の歴史が少し違ったことになっていたかもしれない、とさえ思うのである。

多勢子は数え年五十二歳の高齢で志を立て、尊王の活動をするために信濃の下伊奈から京へ上(のぼ)っていった。母親としての務めも、家業もすべて人並み以上にやりおおせたうえでのことであった。背景に平田学の影響があったとはいえ、誰に勧められたわけでもなく、自分の意志によって天誅相次ぐ騒乱の京に上洛し、単独で隠密の行動を起こしたのである。女性の自立など考えられたこともない古い時代の話である。

小説『赤き心を』の中で、多勢子は密偵として二つの大きな仕事を成し遂げている。一つには岩倉具視の命を助けたこと、もう一つは孝明天皇暗殺という幕府方の密謀を探り出したことである。

在京中、多勢子は「都の苞（つと）」と題する日記をつけていた。簡潔な文章であるが、これによってその行動の概略をつかむことができる。ほかにも多くの資料が手に入ったが、小説の中の大きな事件は、できるだけ史実に基づいて忠実に書くようにした。なかには、多勢子のことを尊王一本槍の教条主義者のように述べている資料もあったが、私は人間味のある、人間的魅力に溢れた多勢子像を描きたいと願い、そう努めた。

数年前、私は長野県の松尾宅を訪問した。当主の松尾佑三氏は、多勢子から数えて五代目にあたる方である。老後の多勢子は、庭に建てられた離れの隠居所で寝起きをしていたという。呼ばれるといつも「はーい」という長い元気のいい返事をかえしてよこした。松尾家では隠居所を曳（ひ）いてきて、いま母屋のほうにつないでいる。しかし他は、多勢子生存の当時にほぼ近い状態で保たれているようである。

私は多勢子が所有していた数々の遺品を見せてもらうことができた。着物の上に着る紺つむぎの旅着や、打掛けや、短刀などさまざまの品があった。着物の着丈などから長身の人らしいということもわかった。座敷には品川弥二郎直筆の額が掛かっており、まるで幕末の時代がそこに再現されたような、そんな錯覚に陥った。

庭は紫苑（しおん）の盛りだった。清楚な淡紫色の花のたたずまいを見ていると、なぜか質朴で飾り気のない多勢子の面影が髣髴（ほうふつ）として浮かんでくる思いがした。

京都から下伊那へ帰ってからも、多勢子は勤王派のために力を尽くした。幕府の追跡を逃れ都落ちしてきた志士たちを匿（かくま）い、着るものから小遣いまで与えて処遇した。松尾家には常時数人から十余人の食客が絶えず、平田門の角田忠行などは、酒造業も営んでいた店の帳場を手伝っていたという話も残っている。

ご一新が終わると、かつて同志だった志士たちの多くが新政府の要職についた。禁門の変で、久坂玄瑞は二十五歳の若さをもって自刃したが、品川弥二郎は生き残った。品川は維新以来の国家への功績が認められ、しだいに高官にのぼっていったが、多勢子に対する尊敬の念は終始変わることがなかった。偉くなってからも多勢子の言はよく聞き入れ、異論をはさまずにその実現に努力した。

また岩倉具視は新政府の中心的人物として執政に関与するようになったが、生涯多勢子を命の恩人として遇し、決してその上座には坐らなかったという。そしてある時期、多勢子を自邸に引きとり、執事として岩倉家のいっさいをとり仕切らせたのである。

明治二十七年六月、多勢子は八十四歳の天寿を全うして世を去った。

夜半に吹く　嵐に花は散りぬとも　やまと桜の　ねはかれめやも

生前に詠んだ和歌であるが、多勢子の人生を象徴しているようにも思えて感慨が深い。墓は、夫佐治右衛門のと二つ並び、慈恩院の裏手の高台に建立されている。その傍に立つと、遥かに恵那山や風越山(かざこし)が一望に見え、雄大な伊那の景観を眼下におさめることができる。没後、正五位の勲章が贈られた。墓石にもその三文字が刻まれている。

この小説を書くにあたって、多くの方々のご教示とご協力をいただきましたが、特に、先にあげた松尾佑三氏、多勢子の実家である竹村家の竹村央氏、信濃文学研究家の北小路健先生、飯田市立図書館長の今村兼義先生、一面識もなかったのに快く「都の苞」全文のコピーを貸してくださった小石房子先生、飯田弁についてのアドバイスをいただいた吉沢辰夫先生には厚くお礼申し上げます。そして前作『小説　土佐堀川』に続いて担当してくださった潮出版社出版部の南晋三氏にもあわせてお礼申し上げ、感謝の心でペンをおきたいと思います。

一九八九年十二月

古川智映子

文庫版に寄せて

信州伊那谷の歌詠みのばあさんという触れ込みで、婚家は造り酒屋、十人の子を産み（三人は早世）育てながら家業にいそしみ、田畑を耕し、和歌を詠み、そして歌会では天下国家を論じた論客でもあった。ついには五十二歳の時に家族の承諾を得て、風雲急を告げる京の都にのぼって勤王活動に身を投じた。つまり勤王のおんな志士となったのである。

何という勇気、何という気概、しかもその役目は幕府方の内情を探る密偵、つまりスパイである。当然命を懸けることになる。しかし志高く、多勢子はおのが信ずる道に邁進した。

この人のことを小説に書いてみたい、そう思った私だったが、松尾多勢子についても前作『小説 土佐堀川』の広岡浅子と同様、初めは資料が見つからなかった。

今から三十三年も前に出した本で、取材は当然それよりももっと以前のことになる。記憶も定かではないが、女性史研究家の小石房子さんが多勢子の日記を持っていることとを知り、早速電話を差し上げた。一面識もないのに、小石さんは快く『都の苞』という日記を貸してくださった。「苞」とは「土産」の意味で、京都における多勢子の活動が簡潔な文章で記録されている。

取材当時、長野県下伊那郡豊丘村の多勢子の婚家は残っていて、ただ尊王の志士たちをかくまったという隠し部屋のどんでん返しの壁はなくなっていたが、他はほぼ変わらずにあった。

私は松尾家を訪問し、当主の佑三さんからお話を聞いた。そして遺品の中から、多勢子が上京時に着たという旅の長着を着させてもらった。寸法はぴったりで、多勢子は恐らく長身のひとであったろうと想像した。

取材で一番難儀をしたのは、京都における多勢子の活動の足跡を調べることであった。京都へは観光で一度行ったきりで、地理については全くわからない。私は『都の苞』の中から、多勢子が歩き行動した地名を拾いあげ、地図を頼りにたどって行った。阪急電鉄嵐山駅にあるレンタルの自転車で、孟宗竹林の道から嵯峨野に出て諸所を回り、小説の材料になりそうな場所や事柄を克明に記録した。また大田垣蓮月の住居あとなどにも行ってみた。

さらに、多勢子ら勤王の志士の行動の背景となった平田篤胤の国学についても知っ

てお かなくてはならない。篤胤は神道を奉じている。全集は約二十巻ぐらいもあったろうか。びっしりと書かれた難解な文章やその内容を理解するのは難事であった。東洋の叡智、人間生命に光をあてた法華経を至上と考えている私には、かなり根気のいる仕事であった。でも仕事と割り切って目を通した。

さらに多勢子が上京した道筋を通ってみたいと願い、私は多勢子が京を目指して出発した実家の竹村家からの道中をたどってみることにした。当然途中の一部は山中を行くことになる。女ひとり、徒歩で行くわけにはいかない。タクシーに乗ったものの、タクシーのメーターはどんどん上がって行く。出発点から距離が長く、あまりにも上がるメーターの数字に、私ははらはらしながら乗っていた。

目的地はまだかと何度も聞く私に、運転手はどうしてこんな山中をタクシーで行くのかと尋ねた。信州出身の松尾多勢子というおんな勤王志士について調べていること、彼女が京都にのぼった道をたどっていること、そして小説に書いて本にしたいことなどを話した。それを聞いた運転手は、メーター器をおろし、ここからはサービスと言って途中までの代金しか取ろうとしなかった。迷惑をかけたくないと言う私に、自分は社長なんだから遠慮はいらない。そのかわり、本ができたら一冊もらいたいと言って笑い飛ばした。

当時、高校教師をやめて貯金をおろしながら小説を書いていた私にとっては、この上もなくありがたいことであった。いつも私の小説の取材は、こうした善意の人々によって支えられてきたと感謝している。こんないい思い出も残っている。

このたび、随分と前の作品に再び光を当てられ、文庫化されたことはとても嬉しい。多勢子も草葉の陰できっと喜んでいるに違いないと思う。

松尾多勢子は強運の人であった。勝利の人であった。凱歌の人でもあった。今再び蘇る松尾多勢子に拍手をおくりたい。

没後におくられた正五位の勲章は、日本女性史上ではまれであり、維新後も長い間受章者は多勢子ひとりだけであった。

今回もご尽力いただいた南晋三社長、担当の佐藤遼平氏に心からお礼を申し上げてペンを置きたいと思う。

二〇二三年三月

古川智映子

解説

縄田一男（文芸評論家）

古川智映子さんの『赤き心を　おんな勤王志士・松尾多勢子』は、主人公である多勢子の詠んだ「武士の 赤き心を語りつつ 明くるや惜しき 春の世の夢」によっている。赤き心、すなわち赤心とは、嘘いつわりのない、ありのままの心、母心、まごころを指す。

往時より後醍醐（ごだいご）天皇の皇子宗良（むねよし）親王を守って幕軍を討ち、よく転戦した信濃の民を先祖にもつ多勢子は幼少より勤王の志に感化され、蔵の中で何度も「太平記」を読んだ。

詩歌学問にも優れた多勢子は、五十二歳になって尊王思想止み難く、夫に従って静かな隠居生活を送る波瀾のない幸せを振り返って、上洛によって命懸けの道を歩むことを思い定めた。

多勢子が京へ向けて発ったのは文久二年八月みそかのこと。当時、五十二歳といえば、まず誰もが「婆さん」と言う年齢である。多勢子の心意気や良し。

相当の覚悟をして京へ赴いた多勢子であったが、当時は目明かしの文吉や志士狩りの先頭に立っていた島田左近らが次々に天誅の名の下に惨殺されており、まさに風雲急を告げる有様であった。

多勢子は京で平田門下生の世良利貞らと親交を深め、当時疑惑の渦中にあった岩倉具視に会ってみたいと大胆なことを言い出す。この胆力が多勢子の強みであろう。

多勢子は歌詠みの一人として公家と志士との間の連絡役や、隠密や間諜等をつとめる気でいる。彼女のこうした行動の原点には幼少のころから北原因信に実学の大切さを教えられ、天竜川の治水工事までさせられた経験がある。

さらに、『平家物語』の解釈ひとつをとっても、彼女は運命に流された女たちの生き方を諾(うべな)うよりも自分で生き方を決める女にならなければならないと考えていた。

ここにも多勢子の強い生き方の指針が表れている。

作者はNHK朝ドラの原案となった『小説 土佐堀川 広岡浅子の生涯』と『家康の養女 満天姫の戦い』と本書の三作を〝女の強い生き方を描いた〟連作としている。

それでは、本作の多勢子の強さはこれからどこに表れてくるのだろうか。一つには、もし岩倉具視と会うことができても逆に殺されることになるかもしれないという事態に対して「覚悟はできています。この首を掻き斬られたところで、何の無念がありましょうぞ。自分の信じた道なのですから」（一一六頁）と言いつつ、にっこりと笑う凄みを持った女性なのである。

作者の上手いところは、このすぐ後に「お多勢さん」「（品川）弥二（郎）さん」と呼び合うことになる長州の志士との出会いを書いているところだろう。

そして間もなく多勢子はひょんな偶然から、雨の中、岩倉の奥方に出会うことになる。そして彼女は岩倉の本意を聞く――。

「政というものは、主義を標榜して終わるだけでは何の役にも立たぬ。現実を見抜き、現実に即した施策を立てねばならぬ。初めにこの岩倉は、尊攘の主導をとった。有志堂上とともに、幕府への列参諫奏の同盟を結成したことを策したのだ。しかし日本国の大局を思うとき、国の仲が二つに割れていてはならぬことである、朝幕の乖離は融和されねばならぬということに気がついたのだ。そこで尊攘から公武合体へと転じ、和宮降嫁に力を尽くし、入輿扈従の内命を受けて東下した。その行為が尊攘派への裏切りと誤解されたようである」（一三八～一三九頁）

岩倉はさらに言う――。

「岩倉の真意は王政復古、王権の回復にある。国を治めるのは、ただひとりの主上にておわす天皇のみである」（一三九頁）

この言葉のどこにふたつごころがあろう。

また岩倉が、同国人同士が血を流して争うのは悲しむべきことである、と言ったのに対して多勢子が、「私にはむずかしいことはわかりません。でも、いずれにも親はおりましょう。母親であれば、敵であれ味方であれ、わが子の命の大切さに変わりはありません」（二四一頁）と返す。

この多勢子の台詞で、私が傍点をふった箇所は本書を理解するのに重要なポイントである。

多勢子は岩倉の真意を同志たちに伝えるが、それでも信じぬ者がいて、長尾などは多勢子を疑って作ってきたおにぎりすら食べようとしない。

この後の多勢子の「長尾さん、ここへおいでなさい」「あなたのその曲がった根性を直してあげます」（二四八頁）という言葉から、彼の背中を抑え込んで一つ二つと尻を叩き、いやというほど叩かれた長尾がやっと大人しくなる場面を見てはどうだろうか。

ここで読者は多勢子の強さが奈辺にあるのか、はっきりと理解するであろう。

ああ、これぞ日本の母親の強さである。

だいいち、これより先の多勢子は志士の一人から「母さん」と呼ばれていたではないか。

それだけではない、多勢子は命懸けで長尾を救出し、孝明天皇の暗殺を阻止するのである。

が、その一方で勢いに乗った勤王の志士たちは行動をエスカレートさせようとする。等持院の中にある足利歴代の木像の首を斬って梟首しようというのである。多勢子は諫めようとするが、過激派は足利も徳川も幕府であることに変わりはないと主張を譲らない。

さらに、天誅がまかり通る世にあって多勢子は、「自分は勤王方に味方する一老婆です。でも多くの子供を産み育て、人間の命の大切さは知っています。人が天の名において人を殺す。こんな恐ろしい罪はないと思います」と魂の声を上げずにはいられない。

その後、多勢子は暗殺される直前の坂本竜馬と邂逅を果たし、同志たちの多くは木像梟首事件で処刑されてしまう。

その中で生き永らえた多勢子の想いはいかばかりであったろうか。作者によれば彼女は明治二十七年六月、八十四歳で天寿を全うしたという。

勤王の母・多勢子、何故これほどの人を今まで書く人がいなかったのだろうか。

私は先に『小説 土佐堀川　広岡浅子の生涯』『家康の養女　満天姫の戦い』、そして本書の三作は女の強さを描く連作であると記した。

前者の広岡浅子は、九転十起の奮闘で難局を切り開き、大坂随一の豪商加島屋を大成させ、次いで自身が乳がんになったことから大同生命を起こし、晩年は女子教育に力を注ぎ、日本女子大学の創立にも関わった。

古川さんの文学は、この広岡浅子のように日本の歴史上になくてはならないはずなのに何故か作品化されていなかった女性に対するピースを埋める〝発見の文学〟と言えはしまいか。

また後者では、浅姫（後の満天姫）を主人公としながら、戦国時代にあっては陰の役割を担っていた女性を表舞台に立たせるとどうなるか――この作品で感動の実験小説を紡ぐことを成功させた。

そして三冊目である本作では、勤王の母である多勢子の敵味方を問わぬ愛情が遺憾なく描かれることになった。

さらに、作者には『負けない人生』という自伝的なエッセイがある。

その中で作者は「やはり小説が書きたい」と言っており、川端康成の「文章は書く人の命、文章にはその人の命が反映されると思った」という言葉、林芙美子の『創作ノート』にある「小説には単に自分の体験を書いていると思いきや、その後の作品は構成や人物像が緻密に練られ、主人公の顔や目の表情まで絵に描いてあった」という言葉、加えて小林秀雄の「説明を書くんじゃない。魂の事を書くんだよ」という言葉に心打たれたという。

小説は、ただでさえ書くのが大変なのに、作者には様々な苦労が襲い掛かった。それらのことに関しては前述の『負けない人生』にくわしく書かれている。

そしてこれらの作品や経験があるからこそ、古川さんの本は光り輝くのである。

永遠に――。

◎本作は一九九〇年に小社より刊行された単行本『赤き心をおんな勤王志士　松尾多勢子』を加筆修正の上、文庫化したものです。
◎本作はフィクションです。
◎現代的な感覚では不適切と感じられる表現を使用している箇所がありますが、時代背景を尊重し、当時の表現および名称を本文中に用いていることをご了承ください。

古川智映子（ふるかわ・ちえこ）

1932年、青森県弘前市に生まれる。県立弘前中央高校、東京女子大学文学部。国立国語研究所で『国語年鑑』の編集に従事。その後は高校教諭を経て、執筆活動に入る。著書にNHK朝ドラ「あさが来た」の原案となった『小説 土佐堀川』の他、『一輪咲いても花は花』『性転換』『炎の河』『きっと幸せの朝がくる 幸福とは負けないこと』『家康の養女 満天姫の戦い』など。日本文藝家協会会員。ヴィクトル・ユゴー文化賞受賞。潮出版社文化賞受賞。

赤き心を おんな勤王志士・松尾多勢子

潮文庫　ふ－7

2023年　6月 6 日　初版発行
2023年　6月10日　 2 刷発行

著　　者　古川智映子
発 行 者　南 晋三
発 行 所　株式会社潮出版社
〒102-8110
東京都千代田区一番町6　一番町SQUARE
電　　話　03-3230-0781（編集）
03-3230-0741（営業）
振替口座　00150-5-61090
印刷・製本　株式会社暁印刷
デザイン　多田和博

ISBN978-4-267-02390-3 C0193
